KB062034

나는 당신을 만나 감사합니다

나는 당신을 만나 감사합니다

지은이_ 손욱

1판 1쇄 발행_ 2013. 8. 27.
1판 15쇄 발행_ 2022. 4. 10.

발행처_ 김영사
발행인_ 고세규

등록번호_ 제406-2003-036호
등록일자_ 1979. 5. 17.

경기도 파주시 문발로 197(문발동) 우편번호 10881
마케팅부 031)955-3100, 편집부 031)955-3200, 팩스 031)955-3111

값은 뒤표지에 있습니다.
ISBN 978-89-349-6437-7 03810

독자 의견 전화 031)955-3200
홈페이지_ www.gimmyoung.com   블로그_ blog.naver.com/gybook
인스타그램_ instagram.com/gimmyoung   이메일_ bestbook@gimmyoung.com

좋은 독자가 좋은 책을 만듭니다.
김영사는 독자 여러분의 의견에 항상 귀 기울이고 있습니다.

나는 당신을 만나 감사합니다

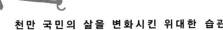

천만 국민의 삶을 변화시킨 위대한 습관

손욱

김영사

내가 행복하면 가정이 행복하고, 가정이
행복하면 일터가 행복하고, 일터가 행복
하면 사회가 행복하고, 사회가 행복하면
내가 행복합니다. 그 행복을 만드는 위대
한 힘, 그것은 바로 '감사나눔'을 바탕으
로 하는 '행복나눔125'입니다.

행복나눔125가
국민운동으로 나아가길 바라며

2010년 1월 포스코 부사장 시절 인생의 멘토인 손욱 회장
님께서 권해준 감사노트 쓰기를 실천하면서부터 나는 감사
의 힘을 알게 되었습니다.

그해 3월 포스코그룹의 엔지니어링 회사인 포스콘과 IT회
사인 포스데이타를 통합한 포스코ICT 대표이사로 발령받고
는 새로운 도전을 하게 되었습니다.

서로 다른 두 회사 직원들의 융합을 위해 무엇을 해야 할
까 고민하다가 '행복나눔125' 감사나눔운동을 전개하였습니
다. 그 결과 통합한 지 1년 반 경과 시점부터 직원들이 종전
회사를 거의 언급하지 않을 만큼 서로 이해하는 문화가 형

성되었으며, 그룹 최하위였던 성과 몰입도가 최상위로 부상하였습니다. 행복나눔125가 기업 합병의 첫 번째 성공 사례를 만든 것입니다.

행복나눔125는 손욱 회장님께서 세종의 리더십을 공부하며 백성들이 일하는 즐거움을 느끼고 사는 신바람 나는 '행복한 세상', 즉 생생지락이란 세종의 꿈을 이 시대에 맞게 구현하고자 구상한 것입니다. 나는 그것으로 회사의 새로운 기업 문화를 구축하고자 과감히 포스코ICT에 적용하였고, 대성공을 거두었습니다.

그 과정에서 나 또한 감사쓰기, 봉사, 독서 등 좋은 습관을 기르게 되어 부드럽고 너그러운 리더이자 한 가정의 가장으로 바뀌게 되었습니다. 이런 변화로 아내, 아들, 딸의 놀라운 변화를 체험하여 이 활동에 가장 큰 수혜자가 된 것에 다시 한 번 진심으로 감사드립니다.

이 책을 읽어보니 평상시 회장님으로부터 자주 듣던 감사에 대한 주옥과 같은 말씀들이 체계적으로 정리되어 있어서 나는 다시 감동을 받았고, 감사에 대한 개념을 한 단계 업그레이드 할 수 있었습니다. 감사에 대한 매뉴얼과 같은 이 책이 더 많은 국민들에게 알려져 행복한 사회를 만드는데 큰 기여를 하리라 생각하니 가슴이 뭉클해집니다.

포스코ICT를 시발로 포항제철소와 포항시로 퍼져나간 행복나눔125는 이제 협업의 감사운동으로 시너지를 도출하면서 교육계, 지자체, 군대 등으로 확산되고 있습니다. 손욱 회장님과 감사나눔신문사의 헌신적인 노력이 아니고는 불가능한 일일 것입니다.

행복나눔125는 2013년 1월 국회 헌정기념관에서 23개 단체가 참여한 가운데 개최한 감사나눔 페스티벌로 그 입지를 굳혔고, 이제 국민운동으로 도약할 단계만 남겨두고 있습니다.

그것은 최근 삼성중공업과 삼성전자로 확산되어 새로운 정신운동으로 전개되고 있는 것을 보면 그리 어렵지 않은 것으로 생각됩니다. 아무쪼록 행복나눔125가 큰 보람을 이루고 시대가 요구하는 국민행복 시대를 열어가는 정신활동이 되리라 믿으며 거듭 손욱 회장님을 비롯한 행복나눔125 관계자들에게 큰 감사를 드립니다.

2013년 7월
포스코경영연구소 사장 허남석

나는 당신을 만나 감사합니다

한류4.0을 만들어갈
행복나눔125

저자의 『삼성, 집요한 혁신의 역사』를 읽은 감동이 아직도 생생한데 새로운 책을 또 읽게 되니 참으로 대단한 생산성이라고 생각을 합니다.

『삼성, 집요한 혁신의 역사』에서 다룬 혁신 사례들은 식스 시그마, TQC, VE, BPR, ERP 등 외국에서 수입한 방법들을 근간으로 이룬 것이었습니다. 미국뿐만 아니라 일본에서 수입한 방법들도 함께 버무려서 새로운 한국적인 것을 만들었다고는 하지만 어차피 뿌리는 외국 것이었습니다.

그러나 저자는 앞의 저서 마지막 부분에서 이미 이번에 나올 책에 대해서 우리에게 힌트를 주었습니다. 한류4.0을 위한 혁신 '행복나눔125' 운동에 대해서 안내문을 잘 써 놓았기 때문입니다.

이번 책을 보니 모든 변화는 내가 변하는 것으로부터 시작한다고 이야기하고 있습니다. 내가 변하면 가정이 변하고 일터도 변한다는 것입니다.

포스코의 성공 사례를 중심으로 삼성중공업, 삼성테크윈, 효성중공업 등이 감사경영에 합류하고 네오디에스, 천지세무법인 등의 중소기업들도 대기업들 못지않은 성과를 보이면서 이제 감사경영은 생산성 위주의 기업경영 혁신운동에서 탈피하고 있습니다.

즉, 행복한 젖소가 행복한 우유를 만든다는 말처럼 행복한 직원들이 좋은 제품을 만들고 불가능하다고 생각되었던 R&D 프로젝트들을 성공시키고 있습니다. 그동안 우리나라 기업의 경영혁신이 수입품들이었다면 이제 시작하는 감사경영은 순수 토종 제품으로 앞으로 분명히 한류4.0을 앞에서 끌고 가리라고 생각합니다.

그래서 이 책은 큰 의미가 있는 책이라고 하겠습니다. 우리나라 300만 개의 중소기업들이 감사경영을 도입하여 한 중소기업에서 두 사람씩만 고용을 늘린다면 당장 600만 개의 일자리가 만들어집니다. 이렇게 되면 청년 일자리 걱정

뿐만 아니라 우리의 국민소득도 2만 달러에서 3만 달러를 넘을 수 있을 것입니다.

기업뿐만 아니라 포항시를 비롯한 지방자치단체들은 감사나눔을 행정에 도입하여 행복한 도시를, 학교들은 감사나눔을 도입하여 학업성적 향상은 물론 소위 왕따와 학교폭력이 없는 학교를 목표로 하고 있습니다. 그리고 육군을 비롯한 공군, 해군, 해병대에서도 감사를 도입하여 전투력 향상에 성과를 올리고 있습니다.

이제 감사를 바탕으로 하는 행복나눔125는 산업 시대의 새마을운동이 그러했던 것과 같이 창조경제 시대의 새마음운동으로 자리 잡아 갈 것입니다. 이러한 새마음운동의 GPS 역할을 할 이 책을 읽기를 권합니다.

2013년 7월

대림대 전 총장 제갈정웅

내가 변해야 세상이 변한다

영국 웨스트민스터 대성당의 지하 묘지에 있는 한 성공회 주교의 묘비명을 모르는 사람들은 거의 없을 것입니다. 그래도 너무 의미심장해 여기에 다시 한 번 소개해봅니다.

젊은 시절 나는 세상을 바꾸겠다고 꿈꿨습니다. 나이가 들자 나는 세상이 변하지 않으리라는 것을 알았습니다. 나는 시야를 좁혀서 내가 살고 있는 나라를 변화시키겠다고 결심했습니다. 하지만 그것도 불가능한 일이었습니다. 황혼이 되었을 때 마지막으로 나는 가장 가까운 가족을 변화시키기로 결심했습니다. 그러나 이번에도 달라진 것은 없었습니다. 죽음을 앞두

나는 당신을 만나 감사합니다

고서야 나는 문득 깨달았습니다. 만약 내가 나 자신을 먼저 변화시켰더라면 그것을 보고 가족이 변화되었을 것을. 또한 그것에 용기를 내어 내 나라를 더 좋은 곳으로 바꾸고 마침내 세상까지도 변화시킬 수 있었을 것을.

이 문구가 전하는 바는 간단합니다. 내가 먼저 변하면 주위의 모든 것이 변한다는 이치입니다. 그런데 대부분의 사람들은 자신의 변화보다 주위의 변화를 먼저 원합니다. 왜 그럴까요? 자기 자신이 변화하는 것이 실제로 굉장히 어려운 일이기 때문입니다.

사람들은 자신의 내면보다 눈에 보이는 외부의 모습을 먼저 인식하고 판단하게끔 되어 있습니다. 우리 속담에 "똥 묻은 개가 겨 묻은 개를 나무란다"는 말도 있고, 성경에도 "형제의 눈 속에 있는 티는 보고 네 눈 속에 있는 들보는 깨닫지 못하였느냐"라는 구절이 있습니다. 이런 태도가 인간의 본성에 가깝기도 하지만, 이는 반드시 바꾸어야 할 인간의 본성이기도 합니다.

보릿고개가 있던 시절을 떠올리면 상대적으로 우리는 지금 엄청나게 잘 살고 있습니다. 그런데도 국민의 행복지수는 점점 떨어지고 있습니다. 삼시세끼 밥걱정도 거의 없어지고, 빗물이 뚝뚝 떨어지는 집도 이제는 흔하지 않고, 돈이 없어 병원에 가기 어려운 시대도 아닌데도 말입니다. 선진국에 미치지 못하지만 이처럼 물질적으로 풍요로운데 왜 사람들은 행복한 삶을 만끽하지 못하고 있을까요?

1990년대 거리 풍경을 보면 '내 탓이오'라는 스티커를 붙이고 다니는 자동차가 유독 많았는데, 그 이유는 고인이 된 김수환 추기경이 행복사회를 위해 사람들에게 던진 메시지를 충실히 따르고자 했던 사람들이 많았기 때문입니다. 사회의 부정적인 현상들이 남의 탓이 아니라 모두 '내 탓'이라는 가르침을 받아들이고 실천하려고 했던 것입니다.

요즘 사람들은 실제로 여러 어려움에 놓여 있습니다. 젊은 사람들은 일터가 부족해 취직난을 겪고 있고, 중년들은 늘 위태롭게 직장을 다니고 있으며, 노년들은 노후 준비가 덜 되어 있어 미래가 두렵기만 합니다. 그런데 이 모든 것을 외부의 탓으로 돌리면 극복해나가기가 힘듭니다. 전적으로 그 모든 상황을 이겨내야 하는 것은 나 자신입니다. 나 자신의 힘, 특히 내면의 힘을 키워야만 중심을 잡고 힘든 세상을 살아갈 수가 있습니다.

그렇다면 자신의 힘을 키우고 자신을 변화시킬 수 있는 가장 최선의 방법은 무엇일까요? 스펙 쌓기도 있고, 자기 계발도 있고, 투자와 저축도 있고, 명상과 기도도 있겠지만, 나는 여기서 감사하는 삶을 강조하고 싶습니다. 최근 심리학자나 정신의학자들이 전하는 바에 의하면, 자기 자신을 긍정적으로 변화시키는 것은 물론 인간관계를 최적의 상태로 만들고 절망과 우울을 희망으로 바꾸는 데는 감사만한 것이 없다고 합니다.

대부분의 사람들은 이렇게 말합니다. 하루에도 서너 번 "감사합니다"를 말하며 사는데, 왜 나는 삶의 변화가 없느냐고 말입니다. 하지만 여기서 말하는 감사나눔은 그리 간단하지만은 않습니다. 내 자신이 근본적으로 변화하기 위해서는 감사를 쓰고, 감사를 말하고, 감사를 나누어야 합니다.

감사를 쓴다는 것은 매일 다섯 가지 이상 일기 형식으로 감사 항목을 쓰는 것이고, 감사를 말하는 것은 누군가에게 감사의 말을 직접 하는 것이고, 감사를 나누는 것은 감사의 편지를 쓰거나 감사의 문자를 보내는 것입니다. 이런 행동을 3일, 3주, 3개월 이상 지속시켜가면서 습관화해야 합니다. 그래야만 나 자신의 근본적인 변화를 체험할 수 있습니다.

감사나눔으로 나 자신의 변화를 도모하면 나 자신은 물론이고 우선은 가장 가까운 가정과 일터가 변화되기 시작합니다. 감사의 파동이 주위에 영향력을 발휘하기 때문입니다.

다음은 포항제철소 제선부에서 일하는 윤좌현 씨의 글입니다. 감사가 가정을 어떻게 변화시켰는지를 잘 보여주고 있습니다.

　아내와의 소통을 위해 사랑과 감사의 문자 보내기를 시작한 지 4년이 다 되어갑니다. 4년 전, 혁신 마스터를 담당하며 회사 내 소통을 이야기하는 역할을 맡았는데 '내가 우리 집에서 아내와도 소통이 안 되어 매일 싸우는데 어떻게 회사에서 소통을 이야기할 수 있나?'라는 생각에 매일 문자 메시지를 보냈던 것이었습니다.

　무뚝뚝한 경상도 여자인 아내는 나의 매일 같은 문자에도 불구하고 답장을 한 번도 해주지 않았습니다. 그리고 6개월이 흘러 아내에게 온 첫 번째 답장은 "응"이 한 마디였어요. 그 후, 1년이 지나 아내의 답장은 점점 길어지기 시작했고 지금까지 문자를 주고받고 있습니다. 그리고 내가 아내에게 문자 메시지를 보낸 1년 후부터 지금까지 3년 동안 우리는 단 한 번도 다투지 않았습니다.

　중학생 아들이 하나 있는데 하트 모양의 감사보드판을 만들어 매일 아침 출근할 때마다 아들에게 감사편지를 씁니다. 아들은 그 편지를 읽고 자신의 감사노트에 붙이는데, 아이의 성격이 밝아지고, 아내와의 사이에서도 무조건 내 편을 들어주는 든든한 지원군이 되었지요.

이러한 감사 활동을 통해 가정이 행복해지는 기적을 체험하며 감사의 힘을 믿게 되었습니다. 삶이 너무나 행복하고 즐거워요. '감사는 진심으로, 매일매일, 평생하는 것', 이것이 저의 감사 지론입니다.

사실 아내에게 매일 4년 동안 문자를 보내는 것은 절대 쉬운 일이 아닙니다. 대부분 작심삼일 혹은 2주를 넘기기 힘듭니다. 하지만 위의 사례처럼 습관화해서 꾸준히 실천하다보면 언젠가 그 결실을 맺게 됩니다.

감사의 습관화로 감사가 몸에 배면 잠재능력이 점점 더 계발되고 긍정적인 사고도 점점 더 강해집니다. 이러한 변화는 삶에 강한 의지와 희망을 주기 때문에 모든 일을 적극적으로 해나가게 합니다. 우울과 절망과 좌절은 사라지게 된다는 것입니다. 이처럼 나 자신이 긍정적으로 변화하면 그 영향으로 주위 사람들도 자연스레 긍정적으로 변화합니다. 그러면서 역시 그들도 감사쓰기 등 감사를 실천하게 됩니다. 내 안에 있는 긍정과 행복의 에너지가 가정으로 일터로 사회로 흘러가게 되는 것입니다.

감사나눔은 이처럼 나 자신에게는 잠재능력 계발과 긍정 심리를 심어주고, 가정에는 나눔과 배려의 문화를 심어주고, 일터에는 소통과 화합의 분위기를 만들어주고, 사회는 행복한 사회가 되고, 이것이 다시 선순환으로 이어져 나 자신에게 더욱더 많은 행복과 긍정을 가져다줍니다. 다시 이것이 가정으로 일터로 사회로 감사와 긍정의 에너지가 전달되어 우리 사는 세상이 행복한 세상이 되는 것입니다.

이처럼 세상을 행복하게 만드는 출발은 나 자신이고, 나 자신이 먼저 변해야 한다는 생각을 한시도 잊어서는 안 될 것입니다. 그리고 그 바탕은 현재 최고의 긍정과 행복 정서를 불러일으키는 것으로 알려지고 있는 감사를 꾸준히 실천하는 것입니다.

나는 오랫동안 삼성에 몸담고 있던 기업인이었습니다. 그래서 나의 화두는 늘 모두가 행복한 기업을 만드는 것이었습니다. 이른바 한국형 GWP 행복한 일터를 만들기 위해 여러모로 노력했습니다. 그런데 미국에서는 잘 되어가는 GWP가 한국에서는 왠지 쉽지가 않았습니다. 하지만 나는 멈추지 않고 그 원인을 계속 파헤쳐나갔습니다.

그러던 어느 날 나는 지금까지 말한 감사의 위대한 힘을 접하게 되었고, 그것을 행복한 일터 만들기에 접목시켜나갔습니다. 그러면서 깨달았습니다. 행복한 일터를 만들기 전에 행복한 나를 만들고 행복한 가정을 만드는 것이 우선임을 말입니다. 그동안의 생각이 급선회하였던 것입니다. 아니 근본적인 해결책을 찾았던 것입니다.

나는 감사를 바탕으로 하는 새로운 그림을 그렸습니다. 감사가 행복을 가져다주는 것은 맞지만, 그것만 가지고는 부족하다고 생각했습니다. 그래서 그동안 내가 추구해왔던 가치를 감사와 맞물리게 했습니다. 그 출발은 역시 자신을 먼저 변화시키는 것이었고, 그 변화가 가정에서 일터에서 시너지 효과를 일으켜 행복한 세상을 만든다는 것이었습니다. 그 변화의 또 다른 주역은 다름 아닌 선행과 독서 그리고 토론이었습니다. 그러니까 행복나눔125는 간단히 말해서 하루에 한 가지 착한 일을 하고, 한 달에 두 권의 책을 읽고는 토론을 하고, 하루에 다섯 가지 감사쓰기를 하는 것입니다.

우리 민족의 유전자에 흐르는 감사

혹 천국과 지옥의 차이를 아십니까? 먼저 지옥에 가보겠습니다. 이곳에 가면 1미터가 넘는 숟가락이 사람들 손에 붙어 있다고 합니다. 그런데 식사 시간이 되어도 지옥의 사람들은 밥을 먹지 못합니다. 숟가락이 길어 밥을 퍼도 입에 넣지를 못하기 때문입니다. 이번에는 천국에 가보겠습니다. 상황은 같습니다. 하지만 천국의 사람들은 배불리 먹습니다. 서로 떠먹여주기 때문입니다.

이 이야기가 전하는 바는 이렇습니다. 남을 배려하지 못하고 자기 이익만 챙기려는 이기심은 지옥을 만들고, 남을 먼저 챙기려는 이타심은 천국을 만든다는 것입니다. 우리가 일하는 곳도 마찬가지입니다. 이기심으로 자기 것만 챙기려는 일터는 일이 괴롭기만 해 지옥이 되고, 이타심으로 모두가 공생하려는 일터는 일이 즐겁기만 해 천국이 됩니다. 그래서 일이 즐거우면 천국이 되고 일이 괴로우면 지옥이 됩니다. 일이 즐거우면 사람은 몰입을 하게 됩니다. 몰입하면 창의적인 아이디어가 샘솟습니다. 창의적인 아이디어가 샘솟으면 그 일터는 더욱더 즐거운 곳이 됩니다.

그렇다면 창의적인 아이디어는 어떤 환경에서 더 활짝 필까요? 행복한 환경입니다. 그 행복한 환경은 누가 만든다고 했습니까? 다름 아닌 나 자신이라고 했습니다. 그 출발은 무엇이라고 했습니까? 바로 감사의 마음입니다. 감사의 마음은 무엇입니까? 나 자신보다 남을 배려하고 아끼는 이타심입니다. 그 이타심이 나도 살리고 남도 살립니다. 그 이타심이 우리 사회를 행복하게 만드는 것입니다.

1960년대 초, 세계에서 가장 가난한 나라 가운데 하나였던 대한민국은 "쓰레기통에서 장미꽃이 피는가"라는 조롱을 받았습니다. 그랬던 후진국이 새마을운동 정신으로 부지런히 경제성장을 일구었고, 그것은 한강의 기적이라 불리며 대한민국을 세계에 새롭게 알렸습니다. 그러나 경제성장에 걸맞은 정신문화와 공공 리더십을 제대로 키우지 못하여 OECD경제협력개발기구 국가 중에서 자살률 1위, 교통사고 사망률 1위, 산업재해 사망률 1위, 행복도 꼴찌라는 부끄러운 나라로 전락하고 말았습니다.

이와 같은 선진 시민 정신의 혼란은 사회적 갈등 비용을 급증시켜 경제성장의 뒷다리를 잡았습니다. 그래서 1995년 1인당 국민소득 1만 달러를 달성하고도 18년이 지났지만 아직까지도 선진국 수준인 3만 달러의 문턱에 다가가지 못하고 있습니다. 현재 대한민국의 1인당 국민소득은 2만 2천 달러를 맴돌고 있을 뿐입니다. 가히 경제성장에 있어서 세계적인 모범 사례라고 주목받았던 대한민국의 성적표치고는 초라하기 그지없습니다.

그렇다면 이제 선진국으로 가기 위해서 무엇을 해야 할까요? 여러 방법이 있지만, 우선은 행복나눔125가 그 해답이라고 생각합니다. 행복나눔125는 신바람 나는 행복한 나라를 만들어 21세기에 필요한 창조 시대, 꿈의 혁명 시대를 앞당겨 선진국이 되자는 새마음 정신 운동입니다. 백성들은 지혜롭고, 사회는 행복하고, 나라는 존경받는 품격 높은 대한민국을 만들어 모두 행복하게 신바람 나게 살자는 것입니다.

행복나눔125를 만들기 전에 나는 한국형 GWP를 만들기 위해 애썼다고 했습니다. 그런데 GWP 자체가 외국에서 실행된 것이라 모든 자료와 사례를 외국에 의존할 수밖에 없었습니다. 게다가 감사운동 또한 외국에서 먼저 시작된 것이라 그쪽 자료에 기댈 수밖에 없었습니다. 하지만 행복나눔125를 만들고 연구를 계속하면서 나는 행복나눔125의 근간이 되는 감사와 그 감사가 만드는 행복세상이 우리 역사에 있다는 사실을 알게 되었습니다. 단군 시대의 홍익인간과 세종 시대의 생생지락, 그리고 근대에 이르러서는 새마을운동이 그것이었습니다. 즉, 우리 민족의 유전자에 감사가 면면히 흐르고 있었다는 것입니다.

모두 다루겠지만, 여기서는 세종만 잠깐 언급하겠습니다. 내 인생을 바꾸어준 세종과의 운명적인 만남은 1994년 삼성전자 전략기획실 실장으로 일할 때였습니다. 그 무렵 삼성은 신경영을 선포했습니다. 그 화두는 양 위주의 경영에서 질 위주의 경영으로 탈바꿈하는 것이었습니다. 신경영의 리더는 이건희 회장이었는데, 이 회장은 끊임없이 창조적인 기업을 주문했습니다. 나는 신경영과 창조적인 기업을 머릿속에 넣고 생각에 생각을 거듭했습니다.

간절히 원하면 이루어진다는 말이 있듯이 그때 우연히 전상운 박사가 쓴 『한국과학기술사』라는 책이 손에 들어왔고, 나는 그것을 열심히 읽었습니다. 그러고는 결론을 내렸습니다. 창조 국가, 창조 기업, 신경영의 답이 세종 시대에 있다고 말입니다. 15세기 전반의 세종 시대는 동양의 르네상스로 평가받는 문화 국가였고, 농업 생산성을 400퍼센트나 올린 부강한 나라였습니다. 그리고 그것을 바탕으로 이룬 세계적인 첨단기술은 백성의 행복을 보장해주었습니다. 한 마디로 백성이 행복한 창조 국가였던 것입니다.

세종의 꿈은 백성들의 생생지락生生之樂이었습니다. 생생지락은 생업직업의 즐거움, 즉 일하는 즐거움을 느끼며 사는 신바람 나는 행복한 세상이란 뜻입니다. 세종은 온 백성이 지혜로워야 꿈을 이룰 수 있다고 생각했습니다. 그래서 서적을 모으고 금속활자를 개량하여 수많은 책을 찍어내고 집현전 학사들을 모아 연구·보급시켰습니다.

    또한 세종은 인재들을 찾아내고 독서와 열린 토론을 통해 개인의 역량을 육성했습니다. 오늘날 독서토론 마당이라 할 수 있는 경연을 1,898회 정도 한 것만 봐도 알 수 있습니다. 이른바 지식경영이라 할 수 있을 것입니다. 훈민정음 창제는 소수의 지식경영이 아니라 온 국민의 지식경영을 위한 창조적인 작품이라고 할 수 있습니다.

    세종 임금이 백성을 하늘로 여기며 백성을 위해 성심을 다하니 백성들은 농사일에 신바람이 나고, 인재들은 백성들을 위해 신바람 나게 일하다 보니 당시에는 과로사하는 사람이 많았다고 합니다. 이는 생생지락의 행복한 세상을 만든다는 가슴 뛰는 꿈에 백성들이 공감했다는 것이고, 그 기적이 가능했던 것은 진정성에서 우러난 세종의 칭찬과 마음 소통이 있었기 때문입니다. 세종이 돌아가시자 온 백성이 "나라 안이 평안하여 백성들이 살아가기를 즐겨한 지 30여 년"이라며 통곡했다는 것은 이를 더 잘 말해주고 있습니다.

    세종을 접하고 난 뒤 나는 삼성SDI, 삼성종합기술원, 삼성인력개발원 그리고 농심을 거치면서 세종의 가르침을 계속 연구했습니다. 세종의 가르침을 오늘날의 조직 문화와 리더십으로 구현해보고 싶었기 때문이었습니다. 그래서 한국학중앙연구원 세종리더십연구소 전문가들과 세종실록을 읽으며 계속 연구와 실천을 접목시켜나갔는데, 그 가운데 가장 어려웠던 것이 세종식 칭찬이었습니다. 진정성 있는 칭찬이 있어야 몰입을 하게 되고 창조적이고 도전적으로 일하게 되는데, 그 바탕이 무엇인지 깨닫기 어려웠습니다. 과로사로 죽는 것은 안타까운 일이지만, 신바람 나게 일하다 과로사했다는 것은 누구나 쉽게 도달할 수 있는 경지가 아니기 때문입니다.

고민에 고민을 거듭하던 어느 날 나는 행복이 넘쳤던 세종 시대의 본질을 깨닫게 되었습니다. 세종은 백성을 하늘로 생각하기도 했지만, 그러한 백성이 있다는 것에 대해 늘 감사하며 살았던 것이었습니다. 백성이 없으면 나라도 없고, 백성이 배고프고 불행하면 나라도 기울 수밖에 없기 때문에 백성은 감사의 대상이었던 것입니다.

그래서 세종은 백성들에 대한 진정한 감사의 마음으로 백성의 소리를 경청했고, 백성의 행복을 위해 노심초사했고, 백성이 조그마한 성과라도 보이면 진심으로 감사하는 마음으로 칭찬을 했던 것입니다. 그렇습니다. 진정한 감사가 없이는 어떤 칭찬도 기적을 만들지 못한다는 깨달음을 세종을 공부하면서 나는 알게 되었고, 그것이 행복나눔125의 틀로 완성될 수 있었습니다.

모두가 행복나눔125의 주역들

감사나눔을 바탕으로 하는 행복나눔125의 효과는 사실 엄청난 것입니다.

먼저 착한 일을 하면 배려와 나눔의 힘을 알게 됩니다. 배려와 나눔은 믿음과 신뢰로 이어져 사회적 자본을 튼튼하게 만듭니다. 이웃 사랑으로 존경받는 나라, 사랑받는 나라가 됩니다. 책을 읽으면 지식이 늘어납니다. 독서토론을 하면 창의력이 늘어나고 소통과 통합으로 융합과 시너지를 창출하게 됩니다. 지혜로운 국민이 되어 인적 자본을 튼튼하게 만듭니다. 감사를 나누면 긍정 마인드가 늘어납니다. 너그러운 마음, 부드러운 마음으로 긍정심리 자본이 증가하여 행복한 사회를 만듭니다. 감사는 모든 미덕의 어머니입니다. 그러므로 감사는 행복나눔125의 뿌리입니다.

이러한 감사를 더 깊이 알고 더 널리 알리기 위하여 김용환 사장을 비롯하여 뜻있는 분들과 마음을 모아 감사나눔신문을 창간하게 되었습니다. 함께하는 분들과 뜻과 지혜를 모아 행복나눔125의 틀을 더 세밀히 가다듬었습니다. 이제 감사나눔신문사는 행복나눔125의 중심이 되어가고 있습니다. 감사나눔신문사를 중심으로 행복나눔125가 전국 방방곡

나는 당신을 만나 감사합니다

곡으로 퍼져나가고 있습니다. 기업 속으로, 시민사회 속으로, 군대 속으로, 학교로 그리고 중국, 베트남, 인도네시아 등 세계로 뻗어나가고 있습니다.

거듭 말하지만 행복나눔125는 나부터 변하자는 것입니다. 내가 행복해지면 가정이 행복해지고 이웃과 사회가 행복해진다는 것입니다. 세상이 변하여 행복해지면 나도 행복해질 것이라고 기다리는 수동적인 태도가 아닙니다. 새마을운동도 '근면, 자조, 협동' 정신을 바탕으로 내가 앞장서서 변하면 마을 사람들의 마음이 하나둘 모여들어 혁신 공동체로 변하고, 그것이 살기 좋은 마을로 연결되어 성공의 모델이 된 것입니다.

행복나눔125가 뿌리를 내리게 된 것은 포스코ICT의 허남석 사장이 있었기 때문이었습니다. 포스코ICT는 포스데이타와 포스콘의 합병회사로 탄생했습니다. 와이브로 사업에 실패하여 큰 손실을 입은 포스데이타는 정보기술회사입니다. 포스코ICT 설립은 포스데이타를 포스코의 제어기술 서비스를 통해 튼튼한 기반을 잡은 포스콘과 합병하여 새롭게 떠오르는 ICT 사업으로 키우려는 목적이 있었습니다. 그런데 두 회사의 합병은 처음부터 난관에 부딪쳤습니다. 포스데이타 사원들은 이미 마음이 떠나 새로운 일자리를 찾아

떠날 생각만 했고, 포스콘 사람들은 안정적인 회사를 망치게 되었다고 불평하니 물과 기름과 같아 융합의 시너지를 기대하기 어려웠습니다.

이처럼 어려운 상황에 놓여 있던 회사의 사장을 맡은 허남석 사장은 포스코 광양제철소를 세계 제일의 자동차 강판 공장으로 혁신시킨 경험을 가진 혁신 전도사였습니다. 허 사장은 나를 만난 이후 회사를 혁신시키기 위해 2010년 4월 1일 회사 비전과 함께 행복나눔125를 선포했습니다. 선포식에 이은 행복나눔125 특강은 바로 '행복나눔125의 출범'을 의미하는 서곡이었습니다.

허 사장은 스스로 감사일기를 쓰고 독서토론을 주도하며 위로부터의 실천을 강조했습니다. 임원들은 한 달에 두 번의 독서토론에 참여하고, 하루 5감사, 특정인에게 100감사 쓰기에 동참했습니다. 매월 감사, 독서, 행복 전문가들을 초청하여 강연회를 열고 사장이 직접 조직을 찾아다니며 전파하고 독려했습니다. 2,400여 명의 전 사원과 협력회사 요원들이 함께 감사나눔 교육을 받고, 그중 400여 명은 감사불씨 양성 과정을 거쳤습니다. 매년 12월 5일에는 페스티벌을 열어 베스트 프랙티스를 공유하고, 1월 25일에는 새로운 계획을 다짐하는 행사를 열었습니다.

행복나눔125를 실천한 지 3년여 동안 포스코ICT는 몰라보게 달라졌고, 이것을 본 다른 기업들이 행복나눔125를 펼쳐나갔고, 이는 기업뿐만이 아니라 군대, 학교 등 조직은 물론 시민사회와 가정, 그리고 개인에게도 퍼져나갔습니다.

앞에서 감사불씨라는 말을 잠깐 언급했습니다만, 100여 명이 행복나눔125 강연을 듣고 감사쓰기를 체험하면 20여 명은 지속적으로 실천하고 그 가운데 4명 정도의 불씨가 탄생합니다. 감사를 통하여 "우리 아이가 달라졌어요", "닭살 부부가 되었어요", "효자가 되었어요" 등 기적을 체험한 사람들을 불씨라 부르는데, 이들 4퍼센트의 불씨가 계속해서 탄생해 이 세상이 뜨거워지면 그것이 세상을 바꾸는 원동력이 되는 것입니다.

이러한 불씨가 되려면 적어도 3주 이상은 감사쓰기를 해야만 합니다. 인간은 어떤 일도 3주 정도 지속하면 그것이 습관이 되기 때문입니다. 그 습관이 3개월 축적되면 기적으로 이어집니다. 단군 신화를 보면 곰이 21일 만에 여자로 변하고 100일이 지나 인간이 됩니다. 3주의 법칙, 3개월의 법칙인데, 이는 요즘 뇌과학자들의 실험을 통해 과학적으로 증명된 것들입니다.

지난 3년간 많은 감사불씨들이 태어났고, 감사불씨의 노

력들이 모이고 모여 가정과 기업과 사회가 행복해졌고, 국
가적으로 감사의 에너지가 계속 축적되고 있습니다. 행복한
일터, 행복한 병영, 행복한 교실 그리고 행복한 도시로 변화
하는 과정을 통해 행복나눔125의 내용은 더욱더 가다듬어지
고 있습니다.

하지만 갈 길은 아직도 멀어 보입니다. 온 국민이 행복나
눔125에 동참하기를 고대하기 때문입니다. 그래서 우선 미
흡하지만 행복나눔125가 무엇인지, 그것을 우리가 왜 해야
하는지를 알리기 위해 그동안의 고민과 연구 결과와 성과를
모아 책을 발행하기로 했습니다. 이 책의 내용은 계속해서
다듬어지고 보완될 것입니다. 그 책의 내용을 풍부하게 하
는 주역은 바로 여러분입니다.

지금까지의 성과물인 이 책의 내용을 만든 행복나눔125 불
씨들은 정말 많습니다. 그분들이 없었다면 행복나눔125를 소
개하는 책은 세상에 나오기 어려웠을 것입니다. 모두 일일이
소개해 감사의 마음을 전하고 싶습니다. 하지만 지금도 어디
에선가 행복나눔125 불씨는 계속 나오고 있습니다. 아마 책
이 인쇄되는 도중에도 나오고 있을 것입니다. 그래서 기존의
불씨, 잠재적 불씨 등 모든 분들에게 감사의 마음을 전하는
것으로 인사를 대신할까 합니다. 진심으로 감사드립니다.

나는 당신을 만나 감사합니다

마지막으로 이 책이 나오는 데 큰 기여를 한 몇 분을 소개
드릴까 합니다. 먼저 감사의 기적을 깨닫고 감사나눔신문을
창간하여 행복나눔125의 그릇으로 키워온 김용환 사장에게
감사드립니다. 그리고 포스코ICT에서 기업 최초로 행복나
눔125를 도입하고 실천해 포스코그룹을 변화시키고 아울러
포항시를 감사도시로 이끌어온 정준양 회장에게 감사드립
니다. 또 정준양 회장과 함께 포스코그룹에 행복나눔125를
전파하고 있는 허남석 사장에게도 감사드립니다. 다음으로
매월 새벽 모임에서 지혜와 열정을 모아준 행복나눔125 조
찬 회원님들, 자료 정리에 수고해준 정지환 연구소장, 행복
한 세상을 만든다는 큰 뜻으로 함께해준 김영사 박은주 사
장 등등 모든 분들에게 거듭 감사의 말씀을 드립니다. 감사
합니다.

2013년 7월

손욱

차례

1. 행복나눔125가 만들어지기까지

2. 감사나눔의 위대한 재발견

3. 행복나눔125가 만든 행복세상

1

행복나눔125가 만들어지기까지

한국과 미국의 차이

"감사는 모든 미덕의 어머니이다."

키케로

나는 지난 40년을 혁신 경영의 리더인 삼성에서 보냈습니다. 평사원에서 시작해 CEO까지 올랐으니 참으로 부러울 것 없는 인생을 살았습니다. 더군다나 삼성이 최고의 기업이 되는데 함께했으니 긍지와 자부심 또한 남다르다고 할 수 있습니다. 그런 내게 세상 사람들은 '한국의 잭 웰치', '혁신의 전도사', '최고의 테크노 CEO' 등의 수식어를 붙여주었습니다. 부끄럽지만, 한편으로는 세상을 위해 쉬지 말고 계속 일을 하라는 당부로 들리기도 합니다.

그렇기 때문인지는 몰라도 현재 나는 기업 일선에 있을 때만큼 바쁜 나날을 보내고 있습니다. 그 활동의 중심은 단연 행복나눔125를 전파하는 것입니다. 나는 행복나눔125가 우리나라를 행복하고 부강한 나라로 만들 것이라고 확신하고 있습니다. 그것은 내 오랜 경험의 산물이기 때문입니다.

행복나눔125의 출발은 머리말에서 밝혔듯이 감사나눔으로 나 자신을 변화시키는 것입니다. 이것은 행복나눔125의 핵심 사항입니다. 그리고 더 중요한 것은 진심으로 나 자신을 변화시키기 위해 노력해야 합니다. 즉, 감사의 삶을 습관화해야 한다는 것입니다. 이것이 이루어지지 않고 진행되는 행복나눔125는 실패할 확률이 높습니다. 모든 것이 몸에 자연스레 배어 있어야 즐겁지 억지로 하게 되면 일이 되어 괴롭기만 하기 때문입니다.

나는 기업을 혁신시키기 위해 엄청난 노력을 기울여온 사람입니다. 그런 내가 이제야 깨닫게 된 진리는 의외로 간단했습니다. 기업을 혁신시키기 전에 나 자신을 변화시키고 혁신시키면 그다음은 물이 위에서 아래로 흐르듯이 저절로 모든 것이 순리대로 풀린다는 이치를 말입니다. 물론 이것이 새로운 이야기가 아닐 수도 있습니다. 하지만 기업 혁신을 위해 안 해본 방법이 거의 없는 나는 '나 자신'을 먼저 변화시키는 행복나눔125가 이제 행복사회를 만드는 최고의 방법이 아닌가 진단해봅니다.

해마다 기업을 긴장시키는 언론 매체가 있습니다. 미국의 경제전문지 「포춘」입니다. 80여 년의 역사를 자랑하는 이 잡지는 기업의 매출과 성격 등을 종합해서 기업의 순위를 매기고, 그것을 자기 잡지에 발표를 합니다. 그중에 가장 관심을 끄는 것은 '일하기 좋은 100대 기업'입니다. 이 목록에 올라가는 것은 해당 기업으로서는 크나큰 영광입니다. 모든 직장인이 원하는 바는 말 그대로 일하기 좋은 환경과 여건이 갖추어진 직장에서 일하는 것이기 때문입니다.

이런 기업을 선정하는 데 있어서 기준점을 만든 사람은 경영 컨설턴트인 로버트 레버링 박사입니다. 그는 20여 년간 여러 기업을 누비며 뛰어난 성과를 보이는 기업의 문화를 연구했습니다. 그 결과 우수한 기업 문화를 가지고 있는 기업은 세 가지 요건을 갖추고 있다는 사실을 알아냈습니다. 긍지와 자부심pride, 신뢰trust, 즐거움fun이었습니다. 그는 이러한 기업을 'GWPGreat Work Place', 즉 행복한 일터라고 명명했고, 이 세 가지 조건을 갖춘 기업은 해마다 「포춘」지를 통해 '일하기 좋은 100대 기업'으로 선정되었습니다.

그 뒤로 미국의 각 기업은 GWP운동을 시작하였고, 이는 삼성전자에도 도입이 되었습니다. 그런데 미국처럼 우리나라에서는 GWP운동이 큰 효과를 거두지 못했습니다. 원인

분석에 들어갔습니다. 알고 보니 그 이유는 의외로 간단했습니다. GWP운동은 전형적인 서구 방법론이었습니다. 자부심을 느끼고, 신뢰를 형성하고, 재미를 느끼게 하는 과정이 분석적이고 체계적이라는 것입니다. 이성에 기반을 둔 운동이었습니다. 하지만 동양 사람들은 우뇌 중심으로 사고하는 감성적인 사람들입니다. 좌뇌 중심으로 사고하는 서양 사람들과는 출발부터가 달랐던 것입니다.

그런데 GWP운동이 효과를 거두지 못하는 근본적인 원인은 우리가 미처 몰랐던 곳에도 있었습니다. 어떤 식물이 잘 성장하려면 그 식물에 맞는 토양에 심어져 있어야 하듯이, GWP운동이 잘 되려면 GWP운동이 잘 될 수 있는 기본 바탕이 있어야 하는데, 미국과 한국은 그 바탕이 달랐던 것이었습니다.

예를 들어 보겠습니다. 미국의 한 가족이 레스토랑에 갔습니다. 도란도란 식사를 하던 중 아이가 부주의해서 냅킨을 바닥에 떨어뜨렸습니다. 아이가 이에 아랑곳하지 않자 어머니가 냅킨을 주운 다음 아이를 바라봅니다. 아이가 말없이 손을 내밀어 냅킨을 받으려고 하자, 부모가 말합니다. "뭐, 잊은 거 없어? 분명 해야 할 말이 있을 텐데?" 그러자 아이는 얼른 대답을 합니다. "감사해요, 어머니." 그제야 어머니는 아이에게 냅킨을 줍니다. 그러면서 어머니도 말합니다.
"그래, 나도 감사해."

우리의 경우는 어떨까요? 가족마다 모습이 다르겠지만, 대부분은 이럴 것입니다. 아이는 고개를 숙이고 침묵하거나 신경질을 내고, 부모는 야단을 치거나 아니면 말없이 냅킨을 주워 손에 쥐어주거나 무릎에 올려놓을 것입니다. 냅킨을 주고받으면서 감사를 입 밖에 내는 모습은 상상조차 하기 어렵다는 것입니다.

서양의 경우 아이에게 가장 먼저 가르치는 말이 '엄마', 다음은 '아빠', 그다음은 '감사합니다'입니다. 밥을 주어도, 장난감을 주어도, 아픈 곳을 만져주어도 아이는 반드시 '감사합니다'를 말합니다. 그런 습관이 자연스럽게 몸에 배도록 아기 때부터 교육을 시켰기 때문입니다. 그래서 미국의 일상용어 가운데 26퍼센트가 '감사합니다'라고 합니다.

이제 왜 한국에서 GWP운동이 어려움을 겪는지 이해가 되었을 것입니다. 미국과 한국을 나누는 바탕의 기본 요소는 다름 아닌 감사하는 문화였습니다. 미국은 모든 행동에 감사가 근본을 이루고 있었지만, 한국은 감사가 결여된 행동이 지배적이었다는 것입니다.

그렇다면 왜 감사 없는 GWP운동은 소용이 없을까요? 감사는 나누는 행위이기 때문입니다. 마음을 나누고, 느낌을 나누고, 자신의 모든 것을 나누는 실천 행동이기 때문입니다. 나누면 서로가 아니 모두가 하나라는 것을 알게 되고, 그러면 서로에게 진심을 다하게 됩니다. 이러한 감사나눔이 바탕에 없으면 그 위에 형성되는 자부심, 신뢰, 재미는 사상누각이 될 수밖에 없습니다. 그러니까 아무리 자부심을 불어넣어주고, 구성원들끼리 신뢰를 갖게 하고, 재미를 느끼게 해도 감사를 바탕으로 하는 진정성이 없기에 행복한 마음을 갖지 못하는 것입니다.

제가 이러한 사실을 처음부터 깨달았던 것은 아니었습니다. 수없이 많은 비용이 들어간 GWP운동이 기대만큼 성과를 거두지 못한 원인이 무엇인지 고민을 거듭한 끝에 얻은 결론이었습니다.

농심 회장으로 있을 때의 일입니다. 나는 농심에도 GWP 운동을 도입했고, 농심을 행복한 일터로 만들려고 다각도로 노력했습니다. 예를 들어 '펀fun'한 일터를 만들기 위해 '호프 데이'를 진행했습니다. 널찍한 호프집에서 지위 고하를 막론하고 격의 없는 대화가 허심탄회하게 오고갔습니다. 그 결과 일정 부분은 행복한 일터 만들기에 도움이 되어 생산성 향상에 이바지하였고, 일정 부분은 직원들의 친목만 돈독하게 하였습니다. 하나로 모든 것을 만족하기는 어려운 법, 나는 이것을 경험으로 더 나은 GWP 운동을 모색해나갔습니다.

그러던 어느 날 김용환 사장으로부터 감사에 대한 이야기를 들었고, 그가 소개해준 감사에 관한 책을 읽어나가기 시작했습니다. "행복해서 감사한 것이 아니라 감사하면 행복해진다"는 말과 "감사일기를 쓰면 사람이 변한다"는 말이 제 가슴에 팍 꽂혔습니다. 그날 이후로 감사에 대해 본격적으로 공부하기 시작했습니다. 좀 더 일찍 감사에 대해 알았으면 더욱 좋았을 테지만, 늦게라도 감사를 안 것에 대해 감사하며 감사에 대한 공부를 심화시켜나갔습니다. 그렇게 감사의 깊은 뜻을 어느 정도 알게 된 뒤 그것을 GWP운동에 접목시키는 운동을 하기로 마음먹었습니다.

먼저 감사를 하게 되면 개인이 변하는 것에 주목했습니다. 감사한 마음을 꾸준히 내고 그것을 감사일기 쓰기 등을 통해 실천하면 사람이 너그러워지고 부드러워진다는 것을 알았습니다. 이렇게 되면 다른 사람을 소중히 여기는 마음을 자연스레 갖게 됩니다. 신뢰라는 덕목이 내 안에 자리 잡게 되는 것입니다.

대부분의 사람들은 서로 자기주장을 내세우기 바쁩니다.

자기 말이 빛나려면 경청이 중요한데 이것이 생략되어 있습니다. 그러다 보니 업무 회의를 할 때 각자 자기 의견만 내고 토론에 불꽃만 튀니 합리적인 결론이 나오지 않습니다. 하지만 감사를 하게 되면 토론에 날카로운 각이 서지 않습니다. 상대방을 인정할 줄 아는 너그러움이 깃들어 있기 때문입니다.

이러한 분위기 속에 나오는 토론의 결과는 서로에게 좋은 인상을 주기 때문에 큰 효과를 바로 가져다줍니다. 너그러움은 배려와 존중으로 이어지기 때문에 뒤끝도 없습니다. 이처럼 행복한 일터의 출발은 자기 자신이 변해야 하는 것인데, 감사나눔처럼 근본을 바꿀 수 있는 대안을 전에는 찾지 못했습니다.

나는 여기에 주안점을 두고 이를 확장시키는 작업에 착수했습니다. '나' 자신을 감사하는 사람으로 변화시키려면 더욱더 많은 노력이 필요한데, 그것이 바로 행복나눔125의 중심이 된 '1일 1선하루에 한 가지 이상 착한 일하기', '1월 2독한 달에 2권 이상 좋은 책 읽고 토론하기', '1일 5감하루에 다섯 가지 이상 감사한 것을 일기로 쓰기' 입니다.

1960년대까지 대한민국은 세계에서 가장 가난하고 게으른 나라였습니다. 하지만 1970년대 새마을운동을 시작한 이후 세계에서 가장 부지런한 나라가 되었습니다. 한국인은 기본적인 잠재 역량과 자질을 갖추고 있었지만 제대로 된 교육을 받을 기회가 없었기에 기나긴 동면의 시간을 보내야 했습니다. 하지만 새마을운동을 통해 대대적인 교육을 전개 하자 아름답고 행복한 나라를 만들어 보자는 비전과 목표를 갖게 되었습니다.

설비투자 주도형의 1960년대는 '잘 살아 보세', '새마을운 동', '권력 시프트' 등의 키워드로 설명할 수 있습니다. 혁신 주도형의 2천년대는 '행복한 나라 만들기', '행복나눔운동', '밸류 시프트' 등의 키워드로 설명할 수 있습니다. 사실 한 국은 1980년대 후반에서 1990년대 초반의 시기에 혁신 주도 형으로 가야 했습니다. 하지만 그렇게 하지 못함으로써 IMF 외환위기를 자초했습니다.

한국이 이러한 위기를 자초한 여러 이유가 있을 테지만, 나는 한국의 고유한 정신문화가 중간에 사라진 점에 주목했 습니다. 박정희 대통령은 1978년에 한국정신문화연구원^{현 한} _{국학중앙연구원}을 세웠습니다. 한국의 정신문화를 찾아 그것을 토대로 더 나은 세상을 꿈꾸었던 것입니다. 하지만 박정희 대통령이 얼마 안 있어 서거한 터라 그곳 활동은 흐지부지 해졌습니다.

인간과 침팬지의 유전인자 차이는 1.3퍼센트에 불과하다고 합니다. 매우 적은 수치처럼 보이지만 사실 인간과 침팬지의 지능은 엄청난 차이를 보이고 있습니다. 이 '적어 보이지만 엄청난' 1.3퍼센트라는 수치에서 나는 '한국형 GWP운동'의 함의를 읽어냈습니다. 우리가 그동안 너무 서구 모델만 좇아 경제성장을 이루었기에 여러 어려움이 온 것이고, 그것을 극복할 수 있는 길은 다름 아닌 우리의 역사에서 찾아야 한다는 것을 말입니다.

그래서 나는 GWP운동이 한국에서 뿌리 내리는 것은 물론 그것을 더욱 발전시킬 바탕이 한국에 이미 있어 왔다는 것을 찾아냈습니다. 우리 민족은 서구의 그 어떤 민족보다도 감사가 몸에 배어 있는 민족이었다는 것입니다. 역사적 부침 속에서 우리는 이처럼 중요 사항을 잊고 살았습니다.

이제 그 감사의 유전자를 다시 수면 위로 드러내야 합니다. 다시 말하지만 그 작업은 쉽게 진행될 것입니다. 우리 몸에 감사의 유전자가 있기 때문입니다. 그 감사의 유전자를 나 자신이 잘 깨닫고 그것을 습관화해 자신을 변화시키면 세상은 분명 변할 것입니다. 행복나눔125의 출발은 나 자신을 먼저 변화시키는 것, 이 점을 명심해주시면 감사하겠습니다.

감사의 원조는 홍익인간

"감사는 고결한 영혼의 얼굴이다."

제퍼슨

공자의 7대손인 공빈孔斌이 정리했다는 『동이열전東夷列傳』
을 보면 이런 글이 나옵니다.

먼 옛날부터 동쪽에 나라가 있었으니 이를 동이라 한다. 그 나
라에 단군이라는 훌륭한 임금이 태어나니 아홉 부족 구이가
그를 받들어 임금으로 모셨다.
일찍이 자부선인이라는 도에 통한 학자가 있었는데, 중국의
황제가 글을 배우고 내황문을 받아 가지고 돌아와 염제 대신
임금이 되어 백성들에게 생활 방법을 가르쳤다. 동이 사람인
순이 중국에 와서 임금의 뒤를 이어 윤리와 도덕을 가르쳤다.

나는 당신을 만나 감사합니다

소련과 대련 형제가 부모에게 극진히 효도하더니 부모가 돌아가시자 3년을 슬퍼하였는데 이들은 한민족의 아들이었다. 그 나라는 비록 크지만 남의 나라를 업신여기지 않았고, 그 나라의 군대는 비록 강했지만 남의 나라를 침범하지 않았다. 풍속이 순후해서 길을 가는 이들이 서로 양보하고, 음식을 먹는 이들이 먹을 것을 미루며, 남자와 여자가 따로 거처해 섞이지 않으니, 이 나라야말로 동쪽에 있는 예의 바른 군자의 나라가 아니겠는가? 이런 까닭으로 나의 선부자 공자께서 '그 나라에 가서 살고 싶다'고 하시면서 '누추하지 않다'고 말씀하셨다.

한 마디로 동이는 서로를 존중하는 나라입니다. 어떻게 이런 나라가 가능했을지 나는 거기에 초점을 두고 고민해보았습니다. 그것은 바로 감사하는 삶이었습니다. 서로에게 감사하는 마음이 있었기 때문에 타인의 생명을 소중히 여기며 나눔의 미덕을 실천했던 것입니다.

동이의 원조인 단군 신화의 핵심 사상은 '홍익인간弘益人間'입니다. 우리에게 익숙한 홍익인간의 뜻은 '널리 인간을 이롭게 한다'는 것입니다. 그런데 우리는 이 말의 참뜻을 오랫동안 잊고 살았습니다. 깊은 뜻을 가지고 있는 홍익인간을 너무 홀대했다는 것입니다.

그리스 로마 신화 등 서양 신화를 보면 살육이 넘쳐납니다. 신은 인간을 질투해 죽이고, 인간도 인간을 시기해 죽입니다. 끊임없는 갈등의 연속입니다. 그러나 홍익인간을 낳은 단군 신화는 그렇지 않습니다. 하늘의 신인 환웅桓雄도 인간 사회에 내려와 살기를 원하고, 곰과 호랑이도 같은 굴에 살면서도 대립하지 않습니다. 평화와 상생의 시절이었습니다.

그렇다면 그런 사회를 지탱할 수 있었던 근본 바탕은 도대체 무엇이었을까요? 그것은 역시 감사였습니다. 서로에게 감사하는 삶이 흘러넘쳤기 때문에 갈등이나 투쟁, 시기 등이 자리 잡기 어려웠을 것입니다. 감사는 서로에 대한 존중의 마음이기 때문에 절대 상대방을 해칠 수가 없고, 서로에게 도움이 되는 행위만 하기 때문에 살육이 없는 사회가 가능했을 것입니다.

우리나라 최초의 감사운동은 서구에서 들어온 것이 맞습니다. 기독교에서 처음 시작했고, 거기에 몸담고 계신 분들이 활발히 감사 활동을 하고 계십니다. 그런데 단군 신화를 보면서 우리나라의 감사는 서양의 감사와 다른 면이 있다는 것을 발견했습니다. 우리의 감사는 철저히 현실 세계에서 이루어지는 감사였습니다.

홍익인간에서 말하는 '인간'의 본뜻은 사람 개개인이 아니라 인간 세상이라는 것을 혹 알고 계셨습니까? 이는 환웅의 실천 행동을 보면 금방 알 수 있습니다. 환웅은 하늘의 신인데도 불구하고 오로지 인간 세상을 위해서만 살았습니다. 곡식을 다스리고, 질병을 다스리고, 형벌을 다스리고, 선악을 다스렸습니다. 이것이 다 무엇입니까? 사람이 모여 사는 데 반드시 필요한 사항들입니다. 다시 말해 환웅의 실천 행동은 한 개인의 성공이 아니라 더불어 사는 사회에 초점이 맞추어졌다는 것입니다.

이처럼 한국 감사의 원조는 단군 신화의 홍익인간입니다. 그런데 서양과 크게 다른 점은 감사를 횡적으로 했다는 것입니다. 개인의 감사가 가정의 감사를 만들고, 가정의 감사가 집단의 감사를 만들고, 집단의 감사가 국가의 감사를 만들고, 국가의 감사가 이웃 나라의 감사까지 만들었다는 것입니다.

서구식 교육이 본격적으로 시작되었 때 우리는 우리 민족의 고유 이념인 '홍익인간'을 주요하게 대접했습니다. 1949년 12월 31일 법률 제86호로 제정·공포된 〈교육법〉 제1조 '교육의 목적'을 보면, 우리나라 교육의 근본이념을 "교육은 홍익인간의 이념 아래 모든 국민으로 하여금 인격을 완성하고, 자주적 생활 능력과 공민으로서의 자질을 구유하게 하여, 민주국가 발전에 봉사하며 인류 공영의 이상 실현에 기여하게 함을 목적으로 한다"라고 천명하였습니다. 그리고 이 교육 이념은 계속 확대·발전되면서 우리나라의 교육 현장을 지켰습니다.

홍익인간의 이념을 열심히 가르쳤지만, 실제로 우리는 단군 시대 같은 나라를 만들지 못하고 있습니다. 세계 최강국이 될 수 있는 롤 모델이 다른 나라에 있는 것이 아니라 단군 조선에 있다는 것을 알면서도, 그래서 그 이념을 열심히 공부하고 실천하면 선진국이 될 수 있다는 것을 알면서도 우리는 선진국 대열에 들지 못했습니다. 다시 말하지만 우리는 홍익인간을 이루는 밑바탕, 즉 감사를 깨닫지 못했기 때문입니다. 그래서 우리는 홍익인간을 외우고 다녀도 그 세상을 실제로 구현해낼 수가 없었던 것입니다.

홍익인간이 담고 있는 이 위대한 사상은 단군 시대에 끝나지 않고 면면히 우리 민족에게 이어져왔습니다. 신라의 시대상을 잘 드러내고 있는 '화쟁사상和諍思想'과 '세속오계世俗五戒'가 대표적인 것입니다. 화쟁사상은 모든 대립적인 이론을 조화와 화합으로 바꾸려는 사상입니다. 유심론으로 잘 알려진 원효가 완성한 사상입니다. 세속오계는 신라 진평왕

때의 승려인 원광이 화랑에게 준 다섯 가지 교훈입니다.

여기서 우리가 잘 모르는 게 있는데, 세속오계는 화랑들만 배운 것이 아니고 모든 신라인에게 공유되었습니다. 그렇기 때문에 신라가 더욱 강한 나라가 될 수 있었을 것입니다.

그럼 우리가 익히 알고 있는 세속오계를 다시 한 번 상기하고, 그것을 감사와 연결 지어 보겠습니다.

1. 사군이충事君以忠 - 충으로써 임금을 섬기라.(충) → 나라에 감사하여 충성을 다하라.

2. 사친이효事親以孝 - 효도로써 부모를 섬기라.(효) → 부모에 감사하여 부모를 섬기라.

3. 교우이신交友以信 - 믿음으로써 벗을 사귀라.(신의) → 벗들에 감사하여 신의를 다하라.

4. 임전무퇴臨戰無退 - 싸움에 임해서는 물러남이 없도록 하라.(용맹) → 감사한 모든 것을 지키기 위해 싸움터에서 물러서지 마라.

5. 살생유택殺生有擇 - 생명을 죽임에는 가림이 있어야 한다.(자비) → 모든 생명에 감사해야 하고 그렇기 때문에 죽임에 가림이 있어야 한다.

세속오계의 근본정신을 감사라고 보아도 논리적 근거가 타당해보이지 않습니까? 이런 감사의 정신이 세속오계의 바탕에 흐르고 있었기 때문에 화랑은 물론 전 백성이 이를 받아들여 실천했을 것입니다. 물론 그 당시 우리 조상들이 감사라는 말을 정말로 했는지 알기는 어렵지만, 분명 감사의 마음을 가지고 사람을 대했을 거라고 추정한다는 것입니다.

언어는 시대에 따라 변합니다. 하지만 감사의 본질과 본마음은 시대와 국경을 뛰어넘는 것입니다. 고조선 시대의 감사의 마음이나 신라 시대의 감사의 마음이나 지금의 감사의 마음이나 모두 같다는 것입니다. 아울러 미국의 'Thank you'나 우리나라의 '감사'나 일본의 'ありがとうございます'도 표현만 다를 뿐 모두 그 본질은 같다는 것입니다.

행복나눔125의 궁극적인 목표는 한류4.0입니다. 그 첫 번째인 한류1.0단군 시대을 나는 지금 말했습니다. 한류2.0세종대왕 시대, 한류3.0오늘의 한국, 한류4.0신바람 나는 행복한 나라에 대해서는 뒤에서 다룰 것입니다. 그런데 먼저 알아두어야 할 것이 있습니다. 한류1.0과 한류4.0은 그 본질상 다르지 않습니다. 외형상 우리 사는 세상이 단군 시대와 다른 모습이지만, 우리가 진정 지켜나가고 돌아가야 할 시대는 홍익인간이 구현되는 단군 시대입니다. 감사가 바탕이 되는 그 시대의 정신을 오늘날 되살려야 그 시대처럼 모두가 행복한 세상이 될 수 있습니다.

어려운 일인 것처럼 보이지만 그렇지 않습니다. 우리는 감사를 꾸준히 실천하면서 멋지게 변한 수많은 사람을 보았고, 기업을 보았습니다. 그런데 우리는 그 감사의 기원을 먼 데서 찾았습니다. 이제 우리는 감사의 유전자가 이미 우리 민족의 가슴에 있었다는 것을 알게 되었습니다. 그 감사의 유전자를 재발견하여 그것을 우리 마음에 다시 담아 활활 타오르게 하면 분명 우리는 행복한 일터를 만들고, 신바람 나는 나라를 만들 것입니다. 그 중심 역할을 행복나눔 125가 하는 것입니다. 다시 말하지만 GWP운동에 부족한 감사가 이미 우리에게 있었다는 것을 뒤늦게라도 알았기 때문입니다.

세종이 알려준 것들

"감사는 최고의 항암제, 해독제, 방부제다."

존 헨리

해마다 「교수신문」에서는 한 해의 희망을 담은 사자성어를 선정해 발표합니다. 그러면 각 언론 매체는 이를 대대적으로 소개합니다. 모두가 관심을 가지고 있기 때문입니다. 2012년에 교수들로부터 가장 많은 선택을 받은 사자성어는 '파사현정破邪顯正'입니다. 파사현정은 부처의 가르침에 어긋나는 생각을 버리고 올바른 도리를 따른다는 뜻으로 유학의 척사위정·벽사위정과 같은 뜻입니다.

그다음으로 많은 선택을 받은 사자성어는 생생지락生生之樂입니다. 생생지락은 『서경書經』에 나온 말로 중국 고대 왕조인 상나라의 군주 반경이 "너희 만민들로 하여금 생업에

종사하며 즐겁게 살아가게 만들지 않으면 내가 죽어 꾸짖음을 들을 것이다"라고 말한 데서 유래한 성어입니다. 이 기사를 접한 순간 나는 무척 기뻤습니다. 드디어 우리 사회에도 생생지락을 희망의 좌표로 삼는 시대가 왔기 때문입니다.

사실 단군 시대를 대표하는 홍익인간이 다소 무거운 이념처럼 보이지만 실상은 그렇지 않습니다. 서로가 존중하는 세상은 서로의 생명을 위협받을 일이 없고, 서로 음식을 나누는 세상은 천재지변이 아닌 이상 공평하게 먹을 수 있어, 그렇게 크게 걱정할 것이 없는 세상입니다.

즉, 모두가 서로에게 감사하며 일구어나가는 세상은 신바람이 나면 났지 그런 흥을 깨는 분위기는 별로 없다는 것입니다. 이것이 바로 행복한 일터의 원조이고, 단군 시대는 분명 그런 세상이었을 것입니다. 홍익인간의 깊은 뜻이 실현되는 세상이었으니까요.

세속오계가 잘 구현된 신라 시대도 그런 세상이었을 테지만, 이러한 홍익인간의 이념이 활짝 핀 시대가 우리 역사에 있었습니다. 조선 건국의 초기인 세종 시대입니다. 세종은 홍익인간이라는 이념을 전면에 내세우지 않았지만, 그와 본질적으로 같다고 할 수 있는 생생지락을 주요 정치철학으로 삼았습니다.

'생생지락'의 첫 번째 생은 '생활'을 가리키고, 두 번째 생은 '생업', 즉 직업을 뜻합니다. 풀어 쓰면 '생활과 일의 즐거움'입니다. 모든 이들이 자기 삶과 일을 즐거워하며 살아가는 삶이 바로 생생인데, 요즘 말로 다시 바꾸면 행복한 일터가 가득한 신바람 나는 세상이 생생지락의 세상인 셈입니다. 즉, 일이 즐거우면 천국이고, 일이 괴로우면 지옥이 된다는 이치와 같습니다.

조선 왕조 500년을 통틀어 창조적 혁신 군주로 우리는 세종과 정조를 꼽습니다. 두 왕을 굳이 비교하자면 이렇습니다. 세종은 생생지락으로 동양의 르네상스라고 불리는 신바람 나는 행복한 나라를 만들어 조선 왕조 500년의 기틀을 만들었습니다. 정조도 수원 화성이 상징하듯 개혁 군주로 많은 치적을 남겼습니다. 하지만 절반의 성공에 머물렀다고 볼 수 있습니다. 정조 이후 조선은 몰락의 길을 걸었기 때문입니다.

왜 이렇게 차이가 난 것일까요? 소통과 창조의 리더십에서 그 차이를 찾을 수 있습니다. 세종의 즉위 제일성은 "나는 잘 모르니 함께 의논하자"는 것이었고, 정조는 "나는 사도세자의 아들"이라고 말했습니다.

다시 말해 세종은 겸손한 마음으로 신하의 의견을 듣는 것으로 출발했지만, 정조는 자신의 정체성을 강변하고 듣기보다는 말하기에 치중해 신하가 마음의 문을 닫게 만들었습니다. 정약용 같은 인재도 유배지에서 세월을 보내게 만들어 국민의 역량을 제대로 발휘시키지 못했던 것이 한 예가 될 수 있습니다.

세종은 경연을 통해 열린 토론문화의 꽃을 피웠습니다. 우수한 인재가 마음껏 역량을 발휘하도록 해 첨단기술 강국이 되고 농업혁명으로 풍요롭고 행복한 나라가 되었습니다.

소통은 경청으로 시작됩니다. 들을 청聽자를 파자해보면 귀를 왕耳王으로 소중히 여기고, 열 개의 눈으로十目 유심히 살피고, 말하는 사람과 한마음—心이 되어야 한다는 뜻입니다. 한마음이 되려면 마음이 열려야 합니다.

독일의 철학자 헤겔은 인간의 마음은 안에서만 밖으로 열 수 있다고 했습니다. 마음이 안에서 열리려면 감사한 마음이 있어야 합니다. 감사가 습관이 되면 마음이 너그러워지고 부드러워집니다. 너그러운 마음으로 다른 사람의 의견을 포용하게 되고 부드러운 마음으로 유연하게 받아들이게 된다는 것입니다.

세종과 정조의 근본적인 차이는 이처럼 감사하는 마음에 있었습니다. 세종은 백성이 있음으로 해서 나라가 있다는 감사한 마음으로 백성을 하늘로 섬겼습니다. 하늘인 백성의 소리를 감사한 마음으로 경청하고, 함께 고뇌하고 기뻐하고, 칭찬하고 격려했습니다. 칭찬은 고래도 춤추게 만든다고 했습니다. 세종은 감사하는 마음으로 여민동락 與民同樂의 신바람 나는 행복한 세상을 이룬 것입니다.

세종의 진가를 알게 된 것은 삼성전자 전략기획실 실장 시절 성신여대 총장을 지낸 전상운 박사의 『한국과학기술사』라는 책을 우연히 접하게 된 것이 그 시작이었습니다. 나중에 전 박사는 『한국과학사의 새로운 이해』라는 제목으로 개정판을 냈습니다만, 이 책 제1장 3절을 보면 '세종시대 과학기술의 새로운 조명'이라는 챕터가 나오고, "이 연구는 삼성전자 기획 연구 과제로 이뤄진 것이다. 세종 대代의 과학기술에 남다른 애정을 가진 삼성전관 손욱 사장의 지원이 컸다"는 구절도 나옵니다.

전상운 박사의 책을 접한 나는 '우리나라에도 이런 창조적 혁신의 시대가 있었구나' 하며 감탄할 수밖에 없었습니다. 세종 대에 이뤄진 과학기술의 혁신은 셀 수 없이 많았습니다. 훈민정음·자격루·신기전 등이 책 속에 자세히 소개돼 있었습니다. '책을 쓴 저자라면 이렇게 뛰어난 과학기술과 세종의 방법론에 대해 알지 않겠나' 하는 데에 생각이 미쳤습니다. 그리고 이를 잘만 배울 수 있다면 우리도 창조적 혁신을 할 수 있겠다는 결론을 내렸습니다.

전상운 박사를 직접 만나 세종이 도대체 어떤 리더십을 발휘했기에 세계적인 창조기술을 이끈 시스템과 문화를 만들 수 있었는지 물었습니다. 그러면서 "과학기술의 내용은 이미 널리 알려졌으니 리더십이라는 측면에서 한 번 봐달라"고 부탁했습니다. 전 박사도 이에 흔쾌히 동의했습니다. "연구를 진행하고 싶었지만 지원이 없어 손을 놓고 있었는데, 삼성이 도와주면 해보겠다"는 답이었습니다.

얼마 후 '세종의 리더십과 방법론'을 정리한 내용을 논문으로 받았습니다. 논문을 다 읽은 나는 '이대로만 하면 바꿀 수 있겠다'는 확신이 섰습니다. 하지만 당시에는 삼성SDI의 프로세스 혁신 작업에 쫓겨 연구·개발R&D 과정에서 제대로 활용하지는 못했습니다. 세종의 리더십을 본격적으로 도입해 활용한 건 삼성종합기술원에 가서였습니다. 역시 전 박사에게 도움을 청했습니다.

"연구원들의 긍지와 자긍심을 자극하려면 우리 역사에 이런 시대가 있었다는 걸 얘기해야 합니다. 그런 기술들을 소개해주십시오."

그렇게 해서 탄생한 것이 우리나라 역사상 가장 자랑스러운 40가지 기술입니다. 예를 들어 '신기전'은 서양식으로 하면 로켓에 해당합니다. 로켓은 신기전 이후 450년이 지나서야 다른 나라에서 등장했습니다. 측우기도 200년이나 앞선 기술이고 금속활자도 마찬가지입니다. 훈민정음, 자격루 등 세계 최초의 혁신 기술이 모두 세종 대에 등장한 것입니다.

이런 세계적인 기술 사진들을 삼성종합기술원 벽에 붙여 놓고 연구원들로 하여금 "우리도 저런 걸 해야 한다"고 생각하게 만들었습니다. 회의실의 이름도 '장영실방', '이천방' 등으로 바꿨고 세종 대의 천문기기도 진열했습니다. 이처럼 세종에게서 첨단기술의 창조성을 배우려는 태도는 지금도 삼성종합기술원에 이어져오고 있고, 그때의 기술 사진들은 지금도 그곳에 붙어 있다고 합니다.

1983년 일본에서 이토 야마다의 『과학기술사사전』이 출간됐습니다. 이 책의 연표에는 기원전부터 20세기까지의 세계적 과학기술 업적들이 정리되어 있는데, 15세기 전반기를 대표하는 업적은 한국 29건, 중국 5건, 일본 0건, 기타 28건으로 기술되어 있었습니다. 즉, 당시 세계 제일의 첨단기술 62건 중 29건이 조선에 있었던 것입니다. 이렇게 세계의 어떤 나라도 따라올 수 없을 정도로 창조적인 과학기술을 세종 시대에 보유하고 있었던 것입니다.

나는 당신을 만나 감사합니다

나는 이 놀라운 사실을 직시하고는 그 이후로 세종 연구에 전력했습니다. 단군 시대의 홍익인간 정신이 활짝 꽃 피운 시기가 세종 시대일 거라는 확신이 들었기 때문이었습니다. 그럴수록 두 시대의 공통점은 역시 감사의 마음이라는 믿음도 강하게 가지게 되었습니다.

세종이 일구어낸 행복국가

"행복은 바로 감사하는 마음이다."

조셉 우드 크루치

한국형 리더십 모델을 연구하는 한국형리더십연구회에서 2,000명을 대상으로 리더십의 8가지 DNA^{자기긍정, 수평조화 등}를 제시하며 실시한 조사 통계에 의하면, 한국인 리더들은 성취열정, 상향적응, 환경변화에선 높은 점수를 받았지만 미래비전, 솔선수범, 하향온정에선 낮은 점수를 받았습니다. 그런데 놀라운 것은 세종 리더십은 이 세 가지에서 강점을 보였다는 점입니다.

우선 세종은 '백성의 행복한 삶'이라는 확실한 미래비전을 가지고 있었습니다. 그래서 농업기술 향상을 위한 『농사직설』 발간, 공정한 조세제도를 위한 측우기 개발, 국민 안

전보장을 위한 거북선, 화포, 화차 개발을 추진했습니다. 이를 통해 15세기 최고의 세계 과학기술 초일류 국가를 만들었습니다.

다음으로 세종은 솔선수범의 리더였습니다. '책 읽는 왕'으로서 신하들에게 공부하라고 독려했고, 직접 현장으로 달려가 현장 경영을 실천하였으며, 항상 경청의 자세를 유지하였습니다. 뿐만 아니라 확실한 평가와 보상, 역량 중심으로 인재를 활용했습니다.

마지막으로 세종은 하향온정의 리더이기도 했습니다. 일반 백성을 위해 훈민정음을 창제하여 모든 사람들의 말과 뜻과 마음이 하나로 통하도록 하였습니다.

그렇다면 세종이 꿈꾸는 나라는 어떤 나라였을까요? 다름 아닌 '품격 있는 나라'였습니다. 22세의 젊은 나이에 왕위에 오른 세종이 생각한 품격 있는 나라의 조건은 세 가지였습니다.

첫째, 모든 백성이 지혜로워야 한다고 생각했습니다. 그러려면 책을 많이 읽게 해야 했습니다. 즉, 독서와 교육이었습니다. 백성을 교육시킬 책을 출판하기 위해선 필사나 목판만으론 부족했습니다. 세종은 이를 위해 궁궐 안에 새롭게 주자소鑄字所를 설치했습니다. 고려의 금속활자 기술을 계승

하기 위해서였습니다. 세종은 그곳에서 구리로 만든 활자인 갑인자甲寅字를 개발하였고, 그것을 이용해 하루에 40벌씩 책을 찍어냈습니다.

지금으로 표현하면 초고속 인쇄 기술의 탄생이었습니다. 더욱 놀라운 것은 세종 자신이 수시로 드나들며 직접 책을 찍었다는 것이고, 그래서 이전보다 인쇄 물량이 두 배나 늘었습니다. 즉, 더 많은 사람들이 더 많은 책을 볼 수 있게 된 것입니다.

특히 모든 백성들의 교과서인 『소학小學』은 1만 권이나 펴냈다고 합니다. 당시 약 21만 가구가 있었던 것을 감안하면 오늘날의 기준으로 100만 권을 찍어낸 것과 비슷한 수준입니다. 자연히 나라 안에 책이 넘쳤습니다. 한자가 어려운 백성들을 위해서는 훈민정음을 만들었습니다.

세종은 책을 읽는 것으로 그치지 않고 더 나아가 여러 사안을 가지고 토론하기를 즐겼습니다. 고려 시대에 시작되었으나 흐지부지되었다가 숭유 정책을 실시한 조선 시대에 들어와 활발해진 경연經筵에서 말입니다. 경은 필독서를 포함한 유학 서적들이고, 연은 그 공부를 위해 자리를 마련했다는 것입니다.

세종은 경연을 굉장히 중요시 여겼습니다. 재위 32년 동안 경연 횟수만 1,898회에 달합니다. 토론을 거듭하면 전체 관료와 학자들의 지식 수준이 올라가고 유능한 인재도 발탁할 수 있습니다. 서로 교류해 문제를 해결하니 시너지가 창출되는 건 당연했습니다.

둘째, 사회는 행복해야 한다고 생각했습니다. 이를 표현한 게 앞에서 말한 '생생지락'이었습니다. 이를 위해서는 기술을 개발하고 교육을 시키고 어려움을 해결해줘야 했습니다. 세종은 수시로 백성을 만나 얘기를 듣는 소통의 방식으로 이 문제를 풀어나갔습니다. 이런 방식을 '삼통'이라고 하는데, 뜻과 말과 마음이 통한다는 의미입니다. 세종이 행했던 소통은 뜻과 말을 세워 일방으로 밀어붙이는 것이 아니고 백성과 관료의 마음을 통하게 했습니다.

세종은 생산적인 소통을 위해 민주 절차를 도입했습니다. 실제로 세종 시절 농지세 개선과 관련해 인류사에 길이 남을 세기적 도전이 진행됐는데, '국민투표'와 '시범실시' 등 현대적 개념의 민주 절차를 연상케 하는 실험을 선보였습니다.

배경은 이렇습니다. 세종이 등극한 이후 농지세 개선을 요구하는 상소가 빗발쳤습니다. '정당한 요구는 현장에서 해결한다'는 국정철학을 가지고 있던 세종은 즉위 12년 되던 해 3월에 개선안을 마련했습니다. 하지만 이 개선안은 조정회의에서 부결됐습니다. 농민에게 유익하나 당사자의 의사를 알 수 없다는 것이 이유였습니다. 5개월의 논의 끝에 백성에게 직접 물어보기로 하고 '국민투표'를 실시했습니다. 찬성 98,657표, 반대 74,149표가 나왔습니다.

당연히 개선안이 통과될 것으로 기대됐으나 또다시 부결됐습니다. 찬성이 많지만 반대도 무시할 수 없을 정도로 많다는 것이 이유였습니다. 그런데 신하들의 계속된 반대에도 불구하고 세종은 역정을 내거나 강제로 추진하는 무리수를 두지 않았습니다. 도리어 '시범실시'를 지시하며 관찰사에게 '너무 서두르지 말라'는 교지를 내렸습니다.

시범실시는 3년간 진행됐고, 결과가 성공적이라는 보고가 올라왔습니다. 이에 기반해 '전국실시' 확대안을 조정회의에 부쳤으나 이번에도 부결됐습니다. 세종은 기후에 따른 풍년과 흉년, 토질의 비옥과 척박 등 다양한 경우와 혹시 발생할 수도 있는 문제에 철저히 대비했습니다. 그리고 마침내 즉위 25년 되던 해 11월에 조정회의에서 통과돼 공포·시행에 들어갈 수 있었습니다.

이처럼 소통이 잘 되기 위해서는 기본적으로 경청과 칭찬, 그리고 인간 존중 사상이 몸에 배어 있어야 합니다. 이를 보여준 사례가 있습니다.

세종의 좌우에는 황희와 허조라는 걸출한 두 재상이 있었습니다. 세종 시대는 '좌 황희, 우 허조'의 시대라고 해도 틀린 말이 아닐 것입니다. 중대한 국사를 결정함에 있어 '어진 재상' 황희가 깊이 생각하고 멀리 내다보는 통찰력으로 처음부터 올바른 결론에 도달하도록 보좌했다면, '대쪽 재상' 허조는 만에 하나 발생할 수 있는 위기 요인과 잠재 문제를 예리한 분석력으로 찾아내어 실패를 사전에 예방하도록 보좌했습니다. 두 재상의 뒷받침은 세종의 시대 조선을 세계 최고의 기술강국, 농업부국, 문화대국으로 발전시키는 힘이 되었습니다.

특히 허조는 죽음에 이르러, "태평한 시대에 나서 태평한 세상에 죽으니, 천지간에 굽어보고 쳐다보아도 부끄러운 것이 없다. 성상의 은총을 만나, 간諫하면 행하시고 말하면 들어주시었으니, 죽어도 유한이 없다"며 흔연히 웃으며 죽었다고 합니다.

허조가 이럴 수 있었던 데는 그가 의사결정 과정마다 예리한 반대 의견을 세종에게 제시해도 세종이 오히려 그런 그를 칭찬하고 존경했기 때문입니다. 어찌 보면 세종의 뛰어난 소통 방식 때문인지도 모릅니다. 아무튼 허조는 조선 왕조 5백 년을 통틀어 '가장 행복한 재상'으로 불리고 있습니다.

셋째, 국가는 존경받아야 한다고 생각했습니다. 이는 외부로부터의 평가입니다. 세종 시대는 뛰어난 과학 기술력이 있었고, 정신문화도 꽃피웠습니다. 중국의 사신들도 "중국에 있다가 조선 땅에 들어오면 모든 사람들이 질서 있고 깨끗하고 예의바르다"며 세종을 칭찬하고 부러워했습니다. 여기에 막강한 국방력까지 갖춰 여진족을 몰아내고 압록강 국경을 확립했습니다. 왜구들이 단 한 번도 침범하지 못했던 때도 바로 세종 대입니다.

덧붙이자면 세종은 농경기술 개발에 전력을 기울였습니다. 그 결과 농업 생산성이 무려 400퍼센트나 늘었습니다. 세종은 곳간마다 넘쳐나는 양식을 가지고 어찌할까 고민하다가 그걸 왜구들에게 나누어주었습니다. 이때 양식뿐만 아니라 조선의 문화도 나누어주었습니다. 이웃에 접한 왜구들도 조선처럼 잘 살기를 바랐기 때문이었습니다.

미국의 인본주의 심리학자 매슬로우는 인간의 욕구를 5단계로 나눈 욕구위계설을 주장한 것으로 우리에게 잘 알려져 있습니다. 그가 나눈 욕구의 제1단계는 생리적 욕구, 제2단계는 안전 욕구, 제3단계는 소속 및 애정 욕구, 제4단계는 존경 욕구, 제5단계는 인지적認知的 욕구입니다. 그런데 그 뒤로 그의 제자들이 매슬로우의 5단계를 더 확장시켜 8단계까지

만들었습니다. 제6단계는 심미적 욕구, 제7단계는 자아실현 욕구입니다.

긍정심리학을 바탕으로 행복을 전하는 서울대 권석만 교수의 『긍정심리학』을 보면 "그_{매슬로우}에 따르면, 자신과 타인을 있는 그대로 수용하면서 타인과 인간적인 유대를 형성하되 자율성과 독립성을 추구하면서 자신의 일에 애정을 지니고 몰입하며 창의적인 활동을 통해 자기실현을 이루는 것이 성숙하고 행복한 삶이다"라는 말이 나옵니다. 제7단계를 언급한 대목입니다. 하지만 더 심화된 연구에 의해 우리는 8단계의 높은 욕구가 있다는 것을 알게 되었습니다.

그렇다면 그 8단계는 무엇일까요? 그것은 '다른 사람이 자아실현을 이루도록 돕는 것 Helping others to self-actualize'입니다. 즉, 지옥과 천국을 구분하는 기준이 되었던 이기심과 이타심 중 이타심에 해당하는 것입니다. 이러한 이타심은 모든 사람에게 행복을 주는 것은 물론 올바른 의미의 리더십을 발휘하는 근본이 되기도 합니다.

권석만 교수가 쓴 『긍정심리학』을 보면 이런 말도 있습니다.

리더십은 집단 활동을 조직화하고 그러한 활동이 진행되는 것을 파악하여 관리함으로써 집단을 이끌어나가는 능력을 말한다. 그 기능 중 하나는, 집단 구성원들이 각자의 역할을 잘 해내도록 하는 것이고, 다른 하나는 구성원들을 고무시켜 좋은 관계를 창출해내고 유지하여 사기를 진작시키는 것이다.

세종은 인간 욕구의 가장 높은 단계인 이타심을 가지고 따듯하고도 강력한 리더십을 발휘했기 때문에 우리 역사상 가장 행복한 나라를 만들 수 있었던 것입니다. 한 마디로 혼신의 힘을 다해 감사의 마음으로 백성을 돌보았고, 그 마음은 모든 백성에게 고스란히 전해졌습니다.

이렇게 전해진 진정성이 신하와 백성의 마음에 가득해 이때에는 과로사가 많았다고 합니다. 신바람 나서 신명 나게 일을 하다가 자신도 모르게 운명을 달리했다는 것입니다. 공자가 『논어』에서 "조문도 석사가의朝聞道 夕死可矣, 아침에 도를 들으면 저녁에 죽어도 좋다"라고 한 정도의 도道 경지는 아니더라도, 즐겁게 일에 몰입하다가 운명을 달리하는 것도 쉽게 도달하기는 어려운 경지일 것입니다.

그렇다고 과로사가 좋다는 말은 결코 아닙니다. 다만 어떻게 일에 몰입할 수 있었느냐 하는 것입니다. 최근 의학계에서 발견한 호르몬 가운데 다이돌핀이라는 물질이 있습니다.

나는 당신을 만나 감사합니다

사람이 감동을 받으면 나오는 호르몬인데, 이 호르몬은 사람을 긍정적으로 변화시켜 엄청난 일들을 해내게 한다고 합니다. 기존에 우리가 알고 있던 엔도르핀보다 4천 배가 높은 효과를 가져다준다고 합니다. 아마 세종 시대의 신하와 백성이 그렇게 열심히 일할 수 있었던 원인은 세종이 준 진심 어린 감사와 감동이 아니었을까 생각해봅니다. 백성의 뇌에 다이돌핀을 팍팍 솟게 한 그 근원 말입니다.

그래서 나는 이 8단계의 욕구가 세종의 정치철학인 생생지락이라고 감히 말하고 싶습니다. 세종은 백성을 하늘民爲天이라 생각하여 소중히 여기고 백성이 하늘로 여기는 먹는 것食爲民天을 위해 농업발전에 혼신의 힘을 기울였습니다. 왕이 소명의식으로 백성들의 꿈을 위해 노심초사하니 많은 신하들이 마음과 뜻을 모아 열과 성을 다했습니다.

세종은 너그럽고 부드러운 마음으로 경청하여 토론문화를 이루어 창조적 혁신문화를 꽃피우고, 인간을 존중하는 마음으로 인재를 육성하고, 훈민정음 창제와 도서 출판 등으로 백성을 지혜롭게 가르치고, 백성들의 꿈을 소중히 여김으로써 천리마 같은 인재들이 태어나 행복한 세상을 이루기 위해 총력 질주하는 신바람 나는 세상을 만들었습니다.

나는 이처럼 세종이 이룬 거대한 업적을 보고 행복나눔

125에 대한 확신이 들었습니다. 존중의 마음으로 감사하고, 감사의 힘을 키우기 위해 독서를 하고 토론을 하고 경청을 하고 나누고 베풀었던 세종 시대가 행복나눔의 표본이라고 생각한다는 것입니다. 세종 시대를 잘 연구해서 그 틀을 오늘에 맞게 창조적으로 승화시키면 신바람 나고 행복한 세상을 더 빨리 오게 할 수 있을 것입니다.

세종의 창조경영과
유태인 창조문화

"가장 풀기 어려운 산수는 우리가 받은 축복의 덧셈이다."

에릭 호퍼

세계 인구의 0.25퍼센트에 불과하지만 노벨상의 23퍼센트를 석권한 민족이 있습니다. 독특한 교육 방식과 문화를 가지고 있는 유태인입니다. 그런데 세종의 통치 방식을 면밀히 들여다보고 있으면 유태인의 방식과 매우 유사하다는 것을 발견할 수 있습니다.

보통 도서관 하면 무엇이 떠오릅니까? 조용한 가운데 모두 고개를 숙이고 책장 넘기는 소리만 들려오는 곳일 겁니다. 그런데 이스라엘에 가보면 아주 시끌벅적한 도서관이 있습니다. 유태인들의 도서관 예시바입니다.

이 도서관에서는 2~4명의 학생들이 서로 짝을 이뤄 큰 소리로 묻고 답하는 방식으로 토론을 합니다. 이때 특이점은 서로 모르는 학생들도 짝을 이뤄 토론을 한다는 것입니다. 우리에게는 기이한 풍경일지 모르지만 그들에게는 자연스러운 풍경일 것입니다.

이러한 독특한 교육 방식이 아마 적은 인구에도 불구하고 많은 노벨상 수상자를 낳은 것 같습니다. 이처럼 어릴 때부터 창의성을 길러주는 위와 같은 토론식 교육 방식을 헤브루타Hevruta 라고 합니다. 헤브루타는 짝을 지어 공부한다는 뜻입니다.

우리의 교육 방식은 어떠합니까? 일방적으로 강의를 듣고, 혼자 공부하고, 암기를 하고, 그것을 토대로 시험을 보고, 시간이 지나면 잊어버리는 교육입니다. 창의성은 끊임없는 의문과 질문을 통해 길러진다고 합니다. 우리나라처럼 외워서 답만 적는 교육 방식에서는 창의성이 자라날 수가 없습니다.

그런데 우리에게도 헤브루타가 실행되었던 시대가 있었습니다. 경연을 활발하게 한 세종 시대입니다. 그러니까 헤브루타와 경연은 지식을 심화시키고 사물을 이해하고 창의성을 키우는 방식이 거의 같다고 할 수 있습니다. 헤브루타나 경연이 이런 것을 서로 묻고 답하는 토론을 통해서 이뤄지기 때문입니다.

세종 시대의 또 다른 토론문화로 간관諫官 제도가 있었습니다. 간관들은 고관과 왕실은 물론이고 국왕에 대해서도 항상 지극히 바른 말을 하는 것을 본령으로 삼았습니다. 세종은 간관의 바른 말에 귀를 기울이는 것을 국왕의 중요한 덕목으로 여겼습니다. 그래서 간관이 하는 말을 듣고는 그와 토론을 통해 문제를 해결해나갔습니다.

토론문화를 촉진하기 위해 유태인 사회에는 후츠파Chutzpah라는 게 있습니다. 후츠파는 외부에 노출되지 않은 채 유태인 사회 안에서 2천 년 동안 묻혀 있던 독특한 문화입니다. 후츠파는 뻔뻔함, 당돌함, 철면피, 놀라운 용기 등의 사전적 의미를 내포하고 있습니다.

실제로 지금도 이스라엘에선 '실례한다Excuse me'는 단어를 거의 쓰지 않는다고 합니다. 예컨대 거리에서 명품 핸드백을 들고 가는 여성에게 "이거 얼마예요? 어디서 샀어요?"라고 캐물어도 전혀 실례가 되지 않는다고 합니다. 궁금한 것이 있으면 누구에게나 물을 수 있는데, 이것이 바로 후츠파 정신이고 현재의 이스라엘을 만든 근간입니다.

세종 시대의 집현전 모습도 이와 닮았습니다. 집현전은 학자를 양성하고 학문을 연구하는 기관입니다. 집현전은 크게는 경연과 서연을 주관하였고, 그 이외에 학술 서적을 편찬하거나 정책 토론을 하는 곳이었습니다. 세종은 집현전에 젊은 학자들을 앉혀놓고는 국내외 사례에 대한 벤치마킹을 위해 토론을 활발히 이끌어냈습니다. 그 어떤 질문이나 의문도 허용되었습니다. 우리나라 판 후츠파 정신이라고 할 수 있습니다.

유태인 부모는 학교에서 돌아온 아이에게 제일 먼저 "오늘 무슨 질문을 했니?"라고 묻는다고 합니다. 그리고 실제로 유태인은 답이 아니라 질문을 통해 학생을 평가한다고 합니다. 질문이 창의력을 키워주는 가장 효과적인 방법이라고 믿기 때문입니다.

토론은 유태인 가정에서 가장 중시하는 교육입니다. 그러다 보니 저녁 식사 시간에도 다양한 주제를 두고 자유 토론이 오갑니다. 이 과정에서 아이들의 지적 호기심은 무럭무럭 자랍니다. 모든 주장에 반드시 근거를 대는 논쟁적 대화도 생활화되어 있습니다. 자연스럽게 경청과 배려의 습관이 길러질 수밖에 없습니다. 타인과의 소통 능력이나 부모와의 긍정적 관계도 역시 자연스럽게 형성됩니다.

이러한 모습은 세종 시대의 과거시험에서도 엿볼 수 있습니다. 세종은 신하들의 직언을 즐겨 들었을 뿐만 아니라 과

나는 당신을 만나 감사합니다

거시험을 통해서도 백성들의 의견을 들었습니다. 세종 자신이 과거시험에 직접 의제를 내어 응시생들이 답안을 작성하면 그것을 가지고 심사위원들이 토론을 하게 했습니다. 그러고는 그 의견을 다시 토론을 통해 나누어 새로운 정책을 정했습니다. 인재 등용법, 백성 구휼 방책, 세제 개혁 방법 등이 그런 과정을 거쳤습니다

유태인에게는 체다카Tzedakah라는 독특한 기부문화가 있습니다. 체다카는 히브리어로 구제와 자선을 의미하는데, 이 문화가 척박한 조건에 놓여 있던 유태인을 오늘날 성공으로 이끌었습니다.

20세기 초 미국에 먼저 자리를 잡은 유태인들은 새로운 동족이 무일푼으로 들어오면 세 번까지 도움을 주었다고 합니다. 그런데 대부분의 유태인은 한 번의 도움으로 자립에 성공했다고 합니다. 이러한 유태인의 도움 문화는 아직도 세계적으로 정평이 나 있습니다. 미국의 경우 전체 기부금 가운데 유태인의 기부금이 가장 높은 비율을 차지하는 것이 그 한 예입니다.

체다카 같은 선행과 나눔을 가장 잘 실천한 임금이 세종이었습니다. 세종은 백성들에게 자주 은전을 베풀었습니다. 사면령도 자주 내렸으며, 징발된 군사들은 늘 기한 전에 돌

려보냈습니다. 그리고 노비의 처우를 개선해주기도 했습니다. 주인이 혹형을 가하지 못하도록 했고, 실수로라도 노비를 죽인 주인은 처벌하도록 했습니다.

더욱 놀라운 것은 이전에는 겨우 7일에 불과하던 관비의 출산휴가를 100일로 늘렸습니다. 게다가 남편에게도 휴가를 주었으며 출산 1개월 전에도 쉴 수 있도록 배려했습니다. 최근 들어 시행하고 있는 남편 출산휴가가 이때부터 있었다는 것입니다. 그런데 이런 세종의 선행을 신하들이 반대했습니다. 왕이 너무 관대하면 백성들이 요행수를 바라게 된다고 말입니다. 그래도 세종은 백성을 위한 정책을 수없이 펼쳐나갔습니다. 잘 알다시피 훈민정음도 이러한 애민사상에서 비롯된 것입니다.

세종의 위대한 업적은 앞서도 말했지만 그 바탕은 감사에 있다고 생각합니다. 이러한 해석에 역사학자들이 이의를 제기할 수도 있을 것입니다. 하지만 백성을 하늘로 여기며 감사하는 마음이 없었다면 우리 역사를 통틀어 가장 신바람 나고 행복한 세종 시대는 존재하지 않았을 것입니다.

세종의 이러한 마음이 오늘날 이어지면 지혜로운 사원, 행복한 일터, 사랑받는 기업, 존경받는 국가가 탄생할 수 있습니다. 그러기 위해서는 우리는 무엇보다 우리 민족의 유전자에 도도히 흐르고 있는 감사의 마음을 다시 일으켜야 합니다. 단군 시대부터 있었던 토종 감사가 우리 민족을 다시 도약시킬 것이라는 믿음도 아울러 가져야 합니다.

감사하는 마음으로 사람을 대하고, 사물을 접하고, 감사하는 마음으로 독서를 통해 지혜롭고도 깨어 있는 사람이 되고, 감사하는 마음으로 남을 돕는 것을 통해 나눔과 배려를 몸에 익히고, 감사하는 마음으로 감사일기 쓰기 등을 통해 감사문화를 형성하면 행복한 나라가 분명 올 것입니다.

이스라엘에 '토다Todah'라는 말이 있습니다. '감사하다'는 말인데, 하나님께 감사드리기 위해 친지들과 함께 희생 제물을 나누는 식사를 뜻하기도 합니다. 그러니까 유일신 신앙을 가지고 있는 유태인들은 늘 하나님께 감사드리는 삶을 살았고, 구약으로까지 거슬러 올라가는 그 '토다'의 정신이 오늘날의 유태인을 만들었습니다.

이제 우리도 오랜 역사를 자랑하는 '토다'의 정신이 있다는 것을 알게 되었습니다. 그것은 곧 유태인보다 더 멋진 세상을 만들 수 있는 능력이 우리에게도 있다는 것입니다. 그 가운데 단군 시대와 세종 시대만 언급했지만, 감사의 마음은 꾸준히 있어 왔을 것입니다. 이제 우리에게 있었던 감사의 마음을 다시 찾는 노력에 매진해야 할 때입니다.

21세기 정신문화는 새마음운동

"우리가 가진 바 때문에 감사하는 것이 아니라
우리가 되어진 바로 인해 감사한다."

헬렌 켈러

일본 사람들은 무척 친절합니다. 낯선 사람이 말을 걸어도 정중한 자세로 미소를 지으며 최선을 다해 답을 해줍니다. 상대방이 오히려 무안해질 때가 있습니다. 그렇다면 일본 민족이 본래부터 친절했을까요? 그렇지 않습니다. 일본 사람 하면 친절이 떠오르는 것은 현대의 일입니다.

일본은 1964년 도쿄올림픽을 개최하게 됩니다. 일본은 한국전쟁 특수로 회복되기 시작한 경제를 올림픽을 통해 더욱 성장시키려고 했습니다. 아울러 올림픽을 분열되어 있던 국론을 통합하는 계기로 삼으려고도 했습니다. 그런데 실질적인 문제에 부딪힙니다. 올림픽을 하게 되면 외국 사람들이 물밀 듯이 밀려오는데, 일본은 태생적으로 영어를 잘 하지 못한다고 합니다.

일본은 고민 끝에 대책을 세웁니다. 말을 하기 어려우니 무조건 친절로 외국 사람들을 대하자는 것이었습니다. 바로 오아시스ォァシス 운동입니다. 오아시스는 안녕하세요ぉはょうございます, 고맙습니다ありがとうございます, 실례합니다しつれいします, 미안합니다すみません의 첫 글자를 딴 것입니다. 이렇게 시작한 감사운동으로 일본은 경제성장을 이루게 됩니다.

한국 사회는 지금 엄청난 변화를 겪고 있습니다. 1960년 대까지만 해도 한국은 세계에서 가장 가난한 나라였습니다. 1955년 한국을 돕기 위해 파견된 유엔한국재건위원회UNKRA의 인도 대표 메논이 "쓰레기통에서 과연 장미꽃이 피겠는 가?"라고 비웃었을 정도였습니다. 「런던타임스」의 사이몬즈 기자도 같은 표현을 헤드라인에 올렸습니다.

그러나 한국은 보란 듯이 '쓰레기통'에서 '장미꽃'을 피워 냈습니다. 2차 세계대전 이후 독립한 개발도상국 중에서 '산업화와 민주화를 동시에 달성한 유일한 나라'가 된 것입니다. 1960년대 농경사회 시절 100달러에 불과했던 1인당 GDP는 1980년대 산업사회 시절 1,000달러로 급성장했습니다.

세계에서 가장 부지런한 국민들이 피워낸 이 장미꽃을 세계인은 '한강의 기적'으로 불렀습니다. 이것은 사실 새마을 운동이 있었기에 가능했습니다. 새마을운동은 1970년 박정희 대통령의 지시로 시작되었는데, 출발은 농촌 수재민 돕기였습니다.

이후 새마을운동은 농촌뿐만이 아니라 공장, 도시, 직장 등으로 번져나갔습니다. 새마을운동은 근면, 자조, 협동을 생활화하는 의식개혁 운동으로 발전하였고, 이것은 우리 국민도 경제성장을 통해 선진국 대열에 들어가야 한다는 의지를 심어주었습니다. 그리고 여러 평가가 있지만, 우리는 아주 빠른 시일 내에 경제성장을 통해 가난에서 벗어나 잘 사는 나라가 되었습니다.

그런데 우리는 여기서 더 나아가지 못했습니다. 조금만 더 노력하면 선진국 문턱을 넘어설 수 있었는데, 그 고비를 넘지 못했습니다. 새마을운동의 정신문화를 이어가지 못했기 때문입니다. 그렇다면 선진국 대열로의 진입을 꿈꾸고 있는 이 시점에서 우리는 무엇을 해야 할까요? 새마음운동을 전개해야 합니다. 세상을 새롭게 하려는 새마음이 없었다면 새마을운동은 성공하기 어려웠을 것입니다.

알고 보면 근면, 자조, 협동도 다 새마음 정신에서 나왔습니다. 하지만 세상은 변했습니다. 근면, 자조, 협동을 대신하는 혁신 방안들이 매일 쏟아지고 있습니다. 그러나 변하지 않은 것이 있습니다. 늘 새로운 마음으로 새로운 세상을 만들어나가는 정신입니다. 바로 새마음 정신입니다.

21세기는 지식창조·융합 시대라고 합니다. 우리 민족은 우수한 두뇌와 창의력을 가지고 있습니다. 우리 민족은 신바람 민족입니다. 신바람이 나면 창의력이 높아집니다. 우리 민족은 위기에 강합니다. 역사의 전환점마다 민족 역량이 결집돼 기적 같은 반만년 역사를 이어왔습니다.

고조선은 청동기 시대를 열어 인류 문명의 한 축을 담당하며 홍익인간 이념으로 '동방예의지국'이라고 칭송받는 문화 대국을 이루었습니다. 세종은 훈민정음, 금속활자 갑인자, 천문기상학, 농업기술 등 과학기술 강국을 이뤄 동양의 르네상스 시대를 열었습니다.

19세기 세도정치로 시작된 암흑기와 일제 36년 압제를 거치며 세계에서 가장 가난한 나라로 추락했던 대한민국은 한국전쟁을 딛고 박정희 대통령의 걸출한 리더십으로 20세기 가장 성공한 산업국가로 탈바꿈했습니다.

산업화 시대는 경제적 자본, 물적 자본이 경쟁력의 기반이 됩니다. 그러나 21세기 지식창조·융합 시대는 인적 자본, 사회적 자본, 긍정심리 자본 등 3대 자본이 경쟁력을 결정합니다. 그러니까 물적 자본자원은 인적 자본인력, 인재으로, 인적 자본은 사회적 자본신뢰, 신용으로, 사회적 자본은 긍정심리 자본으로 발전해왔다는 것입니다.

이러한 시대에 대비하는 것이 바로 행복나눔125입니다. 좋은 책 읽기지혜와 긍지로 인적 자원을 강화하고, 착한 일 하기선행과 적덕로 사회적 자본을 강화하고, 감사나누기겸손과 관용로 긍정심리 자본을 강화할 수 있다고 봅니다.

그렇다면 긍정심리 자본을 증가시킬 수 있는 방법에는 어떤 것들이 있을까요? 감사에서 정답을 찾을 수 있습니다. 우선 감사는 조직의 긍정심리 자본을 증가시킵니다. 감사는 자가 발전적 선순환 구조감사의 동조화도 가지고 있습니다. 종업원이 고객에게 "감사합니다"라는 표시를 했을 뿐인데 봉사료가 11퍼센트나 늘었다는 실제 사례도 있습니다. 마틴 셀리그만은 감사방문, 감사편지, 감사일기가 모두 개인과 조직의 성과에 중요한 영향을 준다고 봤습니다.

캘리포니아 데이비스대학 로버트 에먼스 교수의 추적조사 결과는 더욱 흥미롭습니다. 감사를 습관화한 학생과 그렇지 않은 학생을 16년 동안 추적했더니 놀라운 결과가 발견된 것입니다. 우선 감사를 습관화한 학생의 연평균 수입이 그렇지 않은 학생보다 2만 5천 달러나 많았습니다. 그뿐

나는 당신을 만나 감사합니다

만이 아니었습니다. 감사를 습관화한 사람은 그렇지 않은 사람보다 평균 수명이 9년이나 길어졌습니다.

우리에게도 이러한 시대로 가는 길이 준비되어 있었습니다. 그러나 '잘 살아 보세'라는 한목소리를 내며 한마음으로 뭉쳐 새마을운동의 기적을 이룬 신바람은 사라졌습니다. 또 반성할 줄 모르는 정치·사회 지도자들, 권위주의와 관행의 틀 속에서 복지부동하는 관료사회, 믿음과 소망을 잃은 젊은이들, 세계 최고 자살률, OECD 최하위 행복도, 넘쳐나는 고소·고발 등 갈등 공화국의 어두운 사회상은 '후손들에게 어떤 나라를 물려줄 것인가'를 생각하는 지식인들을 고뇌에 빠지게 하고 있습니다.

1인당 국민소득이 1만 달러에 도달하면 '1만 달러 벽'에 부딪힙니다. 많은 나라가 1만 달러 벽을 넘지 못하고 쇠퇴의 길을 걸었습니다. 1만 달러 벽이 생기는 이유는 자기존중과 자아실현 욕구가 시작되기 때문입니다. 초기에 자기존중이나 자아실현 욕구는 개인 이기주의 모습으로 발현됩니다. 이것이 집단 이기주의로 발전하면 갈등 공화국이 되고, 그에 따라 사회적 갈등비용이 증폭되면 성장이 정체되며 쇠퇴의 길을 걷게 되는 것입니다.

이 단계에서 가장 중요한 것이 정신문화입니다. 선진국들은 경제성장과 조화를 이룰 정신문화를 소중하게 키워왔습니다. 그러나 많은 나라는 경제발전에 걸맞은 정신문화를 갖지 못해 1만 달러 문턱에서 좌절했습니다.

대한민국은 국민소득 1만 달러에서 16년을 헤맸습니다. 사회적 갈등에 발목이 잡혀 선진국으로 도약하기는커녕 내리막길을 걷는 게 아닌가 염려하는 목소리가 높아지고 있습니다. 1978년 한국정신문화연구원 현 한국학중앙연구원을 설립한 목적이 바로 오늘날 정신문화 문제를 예견한 것이었음을 인식할 필요가 있습니다.

한 민족의 흥망성쇠는 300년을 주기로 바뀐다고 합니다. 15세기 세종 시대, 18세기 영·정조 시대 그리고 단군 이래 가장 잘 산다는 21세기 한국. 우리 앞에 두 갈래 길이 있습니다. 세종 시대와 같은 신바람 나는 행복한 나라가 되어야 할까요? 아니면 영·정조 시대처럼 반짝하다가 가난한 나라로 전락해야 할까요? 새마을 정신으로 잘 사는 나라를 이루었듯이, 이제는 새마음 정신으로 국민의 열정과 지혜를 모아 행복하고 품격 높은 나라를 만들어야 합니다. 그게 지금 우리가 해야 할 일일 것입니다.

나는 당신을 만나 감사합니다

행복나눔125의 틀이 완성되다

"이 세상에서 가장 부유한 사람은 누구인가?
자기가 가진 것에 만족하고 감사하는 사람이다."

탈무드

1993년 프랑크푸르트에서 '마누라와 자식만 빼고 다 바꾸자'고 했던 이건희 회장의 신경영 선언 당시 나는 삼성그룹 비서실 경영전략팀 팀장으로 일하고 있었습니다. 삼성전자가 글로벌 초일류 기업으로 용트림을 할 때는 혁신 업무를 총괄하는 전략기획실 실장^{부사장}으로 뛰었습니다. 삼성이 혁신과 성장의 변곡점에 설 때마다 핵심적 위치에서 활약하는 행운을 누렸던 겁니다.

삼성에서의 마지막 6년도 행복했습니다. 삼성종합기술원 원장으로 5년, 삼성인력개발원 원장으로 1년을 일했습니다. 삼성종합기술원의 원장 경력은 아직까지 5년 이상이 된 원장이 없어 내가 최장수 원장이라고 할 수 있습니다. 삼성인력개발원의 원장 경력은 내가 최초의 원장이자 마지막 원장이라고 할 수 있습니다. 삼성인력개발원은 항상 부원장 체제로 운영되고 있는데, 나만 영예롭게도 원장을 했기 때문입니다. 삼성의 백년대계는 결국 기술과 사람이었는데, 그것을 나는 온전히 경험했던 행복한 사람인 셈입니다.

삼성종합기술원 5년 덕택에 기술 경영 전문가가 됐고, 인력개발원 덕분에 사람 관리, 특히 한국형 리더십에 눈을 뜰 수 있었습니다. 이때 만난 한국형 리더십의 선구자이자 권위자인 국민대 백기복 교수와의 대화는 한국에 맞는 리더십을 연구하는데 큰 도움이 되었습니다.

삼성종합기술원에서 추진한 소통과 통합의 리더십 문화 구축 과정은 내게 아주 큰 혜안을 가져다주었습니다. 나는 그곳에서 '펄떡이는 물고기'론을 펼쳤습니다. '펄떡이는 물고기'론은 미국 시애틀의 조그만 어시장에 자리 잡은 생선 가게의 얘기입니다.

이 생선 가게는 일본인 2세가 아버지의 사업을 물려받아 운영하고 있었습니다. 그런데 아들, 즉 2세 경영자가 부임한 이후 리더십 문제가 불거지며 침체되기만 했습니다. 아버지 대부터 일했던 좋은 직원들이 떠나기 시작하자 문제는 더 심각해졌습니다. 가게는 점점 몰락의 길로 내려가고 사장은 사장대로 불안정한 상태에서 뭔가를 자꾸 강요하게만 되었습니다. 종업원들의 반발과 저항은 당연했습니다.

어느 날 이를 지켜본 사장의 누이가 "좋은 컨설턴트를 소개해주겠다"고 제안했습니다. 그는 "한 사람, 한 사람의 잠재 역량을 발휘하게 하고 신바람 나게 시너지를 내는 조직 문화 없이는 망할 수밖에 없다"고 조언했습니다. 그러면서 "'사장이 시키는 대로 하라. 왜 하지 않느냐'고 다그치기만 할 것이 아니라 모두의 뜻과 지혜를 모아야 한다"고 충고했습니다. 이야기를 들은 사장도 이를 받아들였습니다.

사장은 모든 직원을 한자리에 모은 후 저녁을 함께하면서 "도대체 어떤 가게가 돼야 신바람이 나겠느냐"며 직원들의 의견을 들었습니다. 처음으로 직원들과 함께 상의하고 서로 의견을 내는 자리가 만들어진 것입니다. 저녁밥을 먹는 가운데 수많은 얘기가 나왔습니다. 그중 하나가 "세계에서 제일 유명한 생선 가게가 되자"는 아이디어였습니다.

그걸 공감했다고 해서 끝이 아닙니다. 구체적인 액션이 이어져야 했습니다. 이것 역시 직원들과 함께 상의했습니다. 결론은 '직원들 각자가 생각한 가장 유명한 생선 가게가 되기 위한 방법을 실천하자'는 것이었습니다. 처음 시작된 건

손님에게 '아주 큰소리로 인사하기'였습니다. 이어 팔린 고기를 앞에서 뒤로 던지며 "○○에서 ○○로 대구 한 마리 갑니다. 오징어 다섯 마리 갑니다"라고 큰소리로 말했습니다. 우리말로 하면 "넙치 아줌마 부산으로 시집갑니다" 혹은 "울릉도 총각 서울로 장가갑니다" 하는 식이었습니다.

큰소리로 웃으며 일하자 일 자체가 즐거워지기 시작했습니다. 예전 같으면 그저 일에 불과했던 생선 주고받기가 이후로는 마치 야구를 하듯이 재미있었던 것입니다. 손님이 생선을 손으로 가리키면 종업원이 그 생선을 들고 마치 야구공을 던지듯이 휙 던집니다. 그러면 다른 종업원이 신문지 뭉치를 이용해 임시로 만든 글러브를 가지고 그 생선을 받습니다. 그러고는 재빠르게 그 생선을 얼음 포장해서 손님에게 건네줍니다. 싱싱한 생선처럼 현장에 생기가 넘치고 생선이 오가는 과정 속에서 역동성이 느껴지니 모두가 즐거울 수밖에 없습니다. 생선을 사고파는 것이 일이 아니라 즐거운 놀이이면서 흥미로운 구경거리가 된 것입니다.

재미가 넘쳐나는 가게 앞에 자연스레 구경꾼들이 몰리기 시작했습니다. 당연히 장사가 잘됐습니다. 엄마를 따라온 아이들을 즐겁게 해주기 위해 봉투에 예쁜 생선도 나눠주고 맛있는 간식도 주었습니다. 아이들이 좋아하니 엄마도 가게를 찾는 횟수가 늘게 됐습니다. 그렇게 끊임없이 아이디어를 내며 즐거운 일터를 만들어나갔습니다. 결과는 어땠을까요? 직원 전부가 주인이 되는 놀라운 변화가 일어났습니다. 비린내 가득하고 짜증만 나는 일이 어느새 세상 무엇보다 즐겁고 재미있는 일로 바뀌게 된 것입니다.

그러던 어느 날 전화 한 통이 가게로 걸려왔습니다. 시애틀에 살던 어린아이가 미네소타로 이사해 큰 병원에 입원했는데, 아이가 "생선 가게 아저씨들이 보고 싶다"고 조른다는 사연이었습니다. 어머니의 전화를 받은 직원들이 위문 공연을 제안했습니다. 값비싼 항공료는 사장이 내줬습니다. 생선 대신 물고기 인형을 준비한 직원들은 미네소타의 병원으로 날아가 가게 풍경을 그대로 재연했습니다. 이런 사실이 지역 방송국을 통해 알려지자 다른 지역의 신문사와 방송국이 찾아와 취재했고 결국 전국 방송으로까지 확대됐습니다. 시애틀의 재미있는 생선 가게가 하루아침에 미국에서 가장 유명한 생선 가게가 된 것입니다.

소통에 어려움을 겪고 있던 삼성종합기술원 연구원들은 펄떡이는 물고기 운동을 하면서 바뀌기 시작했습니다. "노벨상 수상자를 보니 분석실 출신이 많더라. 단순한 분석이라고 여기면 재미없지만 다양한 연구를 가능하게 하는 과제를 갖고 오니 얼마나 즐거운 일이겠나. 연구한다는 마인드로 깊이 있게 접근하자." 이런 정신으로 연구에 임하니 분석 성과가 좋아지는 것은 물론이고 프로세스도 개선됐습니다. 협력사와의 관계도 좋아지고 점점 신바람 나는 조직으로 변해갔습니다. 연구원들 스스로 '대한민국의 노벨상은 여기서 나온다'는 표어까지 써붙여 놓을 정도였으니까요.

자신의 일을 즐기는 문화, 이것이 바로 펄떡이는 물고기 이론입니다. 조직 문화가 변하니 기술원의 성과가 높아진 것은 당연했습니다. 한국인은 역량이 뛰어나고 머리도 좋아 자발적으로 움직이게 해야 합니다. 그런데 아쉽게도 아직은 조직 문화와 리더십에 대해 관심을 갖는 경영자들이 많지 않습니다. 중소기업이 중견기업으로, 중견기업이 대기업으로 커가는 결정적 요소가 바로 조직 문화인데 말입니다.

이러한 고민은 농심에 들어가서 더 깊어지기 시작했습니다. 그래서 한국형 리더십에 입각해 우리 체질에 맞는 GWP 운동을 더 찾아보기로 했습니다. 그 무렵 웅진코웨이에서 '상상오션'이라는 제안 제도를 시행하는 것을 보고, 거기서 아이디어를 얻어 농심에 맞게 적용시켜보기로 했습니다.

먼저 '무병장수농원' 시스템을 만들었습니다. 가상의 공간에 아이디어나 건의 사항을 제안해서 좋은 것이 있으면 보상을 해주는 신바람 나는 제안 시스템이었습니다. 또 하나는 칭찬카드를 만들었습니다. 칭찬을 받을 때마다 칭찬카드를 받게 해서 나중에 일정 포인트가 쌓이면 이 역시 보상을 해주는 시스템이었습니다. 그런데 서서히 문제점이 드러났습니다. 칭찬이 진심에서 우러나지 않고 자꾸만 일로 여겨져 모두가 힘들어했다는 것입니다. 그러니 당연히 업무의 효율로 이어질 수 없었습니다.

문제의 원인을 찾기 위해 고심하던 어느 날 나는 농심의 광명배송센터에 가게 되었습니다. 그곳은 물건을 쌓고 물건을 나르는 곳이라 여러 업무가 중첩되어 있었습니다. 지게차를 모는 사람, 청소하는 사람, 관리하는 사람, 영업용 차를 운전하는 사람 등등 다양한 사람들이 한곳에서 일을 하는 복잡한 공간이었습니다. 자칫 의견이 안 맞거나 사이가 뒤틀어지면 일이 엉망이 될 수 있는 곳이었습니다만, 기이하게도 그곳은 웃음이 넘쳐나고 있었습니다.

그래서 그곳을 주의 깊게 관찰했습니다. 화기애애한 분위기를 만드는 사람은 다름 아닌 그 센터의 소장이었습니다. 그는 중요한 날에는 직원의 가족까지 초대해 함께 음식을 나누며 즐거운 시간을 가졌습니다. 그리고 모든 직원을 마주할 때마다 진심으로 감사한 마음을 가지고 대했고, 그 마음을 바탕으로 칭찬을 아끼지 않았습니다. 그 소장의 칭찬은 일이 아니라 정말로 칭찬하고 싶어 나오는 진정성 있는 칭찬이었던 것입니다. 그리고 그 바탕에는 감사가 있었습니다.

나는 드디어 확신을 가졌습니다. 감사를 바탕으로 하지 않고서는 그 어떤 형태의 GWP운동도 한국에서는 실패할 수밖에 없다는 것을 말입니다. 그 뒤로 한국형 GWP운동의 시작인 행복나눔125는 아주 새로운 모습으로 체계를 갖추어나갔습니다. 오래전 단군이 씨를 뿌리고 세종이 활짝 꽃을 피우고 새마을운동이 단단히 열매를 맺게 한 한국형 감사와 행복 국가의 모델이 21세기에 부활하여 우리 앞에 새롭게 탄생한 것입니다.

이제 우리가 할 일은 분명해졌습니다. 행복나눔125를 공부하고, 그 실천의 길을 열심히 달려 나가면 된다는 것을 말입니다. 그러면 대한민국은 조만간 선진국 대열에 들어설 수 있으며, 아울러 세계 최고의 행복국가가 될 수 있을 것입니다.

나는 당신을 만나 감사합니다

행복나눔8

하루에 착한 일 하나

"부모에게 감사할 줄 모르는 이와는 벗하지 마라.
그는 이미 인간의 첫걸음을 벗어났다."

소크라테스

지금까지 행복나눔125가 어떻게 해서 나오게 되었는지를 말씀드렸습니다. 그럼 이제부터 행복나눔125가 무엇인지를 하나하나 구체적으로 말씀드리겠습니다. 먼저 행복나눔125의 1, 그러니까 '1일 1선'에 대해 알아보겠습니다.

'1일 1선'에서 선은 봉사, 이웃 사랑, 어려운 사람 도와주기, 회사와 조직의 발전을 위해 개선책 제안하기 등입니다. 그러니까 '1일 1선'은 이런 개념의 착한 일을 매일 1회 이상 하자는 겁니다.

공자는 『논어』에서 "아는 사람智之者은 좋아하는 사람好之者을 이기지 못하고 좋아하는 사람은 즐기는 사람樂之者을 이기지 못한다"고 했습니다. 하지만 우리 조상들은 "즐기는 사람도 운이 좋은 사람運之者은 이기지 못한다"고 여겨왔습니다.

그렇다면 행운은 어떻게 오는 것일까요? 조선 시대 어린이용 교과서라고 할 수 있는 『사자소학四字小學』을 보면 이런 구절이 나옵니다. "積善之家 必有餘慶 적선지가 필유여경, 선행을 쌓은 집안은 반드시 뒤에 경사가 있고, 不善之家 必有餘殃 부선지가 필유여앙, 불선을 쌓은 집안은 반드시 뒤에 재앙이 있다"이라는 글인데, 한 마디로 행운은 적선을 통해서 만들어진다는 것입니다.

적선이 얼마나 위대한 힘을 가지고 있는지 왕평의 『유태인에게 배우는 지혜 84』에 나오는 이야기를 소개할까 합니다.

어느 마을 큰 농가에 이 지역 최고의 자선가가 살았습니다. 그는 매년 랍비가 방문할 때마다 인색하게 굴지 않고 거금을 선뜻 내놓았습니다.

농부는 해마다 넓은 농토에서 열매를 풍성하게 수확했습니다. 하지만 어느 해 폭풍우가 마을을 덮치는 바람에 한창 여물어가던 농작물이 모두 쓰러지고 가축들도 모두 죽고 말았습니다. 엎친 데 덮친 격으로 빚쟁이들에게 남은 재산을 모두 빼앗기고 재산이라고는 땅 한 마지기밖에 남지 않았습니다. 그런데도 그는 신을 원망하지 않고 태연하게 말했습니다.

"신께서 내게 재산을 잠시 주셨다가 도로 가져가셨는데 그게 잘못 되었소?"

그해 랍비들이 예년처럼 농부를 찾아왔지만 농부의 딱한 사정을 듣고 기부를 부탁하지 않았습니다. 그러자 농부가 말했습니다.

"해마다 학교, 교회, 가난한 사람과 노인들을 위해서 기부했는데 올해 사정이 딱하다고 거르는 건 말이 안 되죠."

농부는 한참을 고민하다가 랍비들이 자신을 찾아온 것이 헛걸음이 되지 않게 마지막 남은 땅의 절반을 떼서 기증했습니다. 랍비들은 농부의 대단한 결심에 크게 감동했습니다.

그러던 어느 날 농부는 절반만 남은 땅에 배를 심다가 갑자기 돌에 발이 걸려 넘어졌습니다. 그런데 자세히 보니 그것은 돌이 아니라 보석이었습니다. 농부는 잽싸게 보석을 내다팔아 다시 예전처럼 부자가 되었습니다.

이듬해에 랍비들이 찾아오자 농부는 감격한 목소리로 이렇게 말했다고 합니다.

"즐겁게 선행을 베푸니 그 선행이 이자를 잔뜩 안고 찾아오더군요."

고난과 아픔이 찾아와도 화를 내지 않고 선행을 하면서 극복해나가는 아름다운 이야기입니다.

이번에는 순복음교회가 발간한 「행복으로의 초대」 951호 2013년 1월 20일에서 봤던 이야기입니다. 하늘은 '스스로 돕는 자'도 돕지만 '남을 돕는 자'는 더욱 크게 도와준다는 메시지가 담겨 있는 이야기입니다.

벌써 10년 전 겨울에 있었던 일입니다.

김해성 목사는 경기도 광주의 산업도로를 승용차로 달리고 있었습니다. 차창 밖으로 외국인 두 명이 버스정류장에 잔뜩 움츠린 채 서 있는 모습이 보였습니다. '이 추운 겨울에 겉옷도 제대로 입지 못해 오들오들 떨고 있군.' 김 목사는 너무 바빠서 그냥 지나치려다가 도로 옆에 정차했습니다. 그들이 남의 나라에 와서 고생하는 것이 너무 안쓰러웠기 때문이었지요. 승용차를 버스정류장까지 후진한 다음 창문을 내리고 물었습니다.

"어디까지 가시는지 모르겠지만 추우니까 일단 타세요. 제가 태워다 드리겠습니다."

달리는 자동차 안에서의 대화를 통해 김 목사는 그들이 한국으로 일자리를 찾으러온 외국인이라는 사실을 알게 되었습니다. 그리고 친절을 베푸는 김에 밥도 사주고 일할 공장도 소개

나는 당신을 만나 감사합니다

해주었습니다. 다음에 만날 것을 기약하고 헤어질 때 김 목사
가 물었습니다.

"어느 나라에서 오셨습니까?"

"스리랑카입니다."

이 만남을 계기로 스리랑카 노동자 공동체와 교회가 탄생했습
니다. 그런데 하루는 스리랑카 설날 행사 때 모이기로 한 노동
자 중 한 명의 숙부를 한국에 초청해달라는 요청을 받았습니
다. 그 요청을 흔쾌히 수락하고 숙부를 초청해 극진히 대접해
서 돌려보냈습니다. '라자팍사'라는 이름을 가진 그분은 당시
스리랑카 야당 국회의원이었는데, 나중에 국무총리를 거쳐서
대통령에 당선되었습니다.

현재 라자팍사 대통령은 스리랑카의 내전을 종식시키고 재선
에 성공해 국민들의 지지를 한 몸에 받고 있다고 합니다. 그런
라자팍사 대통령이 김 목사를 스리랑카로 초대해 코끼리를 선
물로 주었습니다. 그런데 김 목사가 코끼리를 선물로 받기까
지는 그럴 만한 사연이 있었습니다.

우리는 몇 년 후부터 서울대공원에서 코끼리를 구경할 수 없
을 뻔했습니다. 2010년까지 국내에 있던 코끼리 9마리 중 암컷
이 늙어서 더 이상 출산할 수 없었기 때문입니다. 더욱이 코끼
리가 희귀 멸종 동물로 지정되면서 국가 간 매매나 이동이 힘

들어져 국가에서도 어떻게 해볼 도리가 없는 상황이었지요.
하지만 지금 서울대공원에는 스리랑카에서 시집온 코끼리들
이 건강하게 자라고 있습니다. (사)지구촌사랑나눔 대표를 맡
고 있는 김해성 목사의 '작은' 배려가 '큰' 코끼리로 돌아온 것
입니다.

이번에는 착한 일을 어떤 순서로 하는 것이 좋을지 알아보
겠습니다.
연말이 되면 복지원이나 고아원을 경쟁하듯이 방문하지
만 이런 천편일률적인 선행은 지양하는 것이 좋을 것입니
다. 그렇다고 필요 없다는 것은 절대 아닙니다. 항상 자주 들
여다보는 자세가 있어야 한다는 것입니다.
아무튼 착한 일은 가까운 사람에게 먼저 시작하면 됩니다.
따라서 가정에서 출발하는 것이 가장 쉽습니다. 병원의 무
료 진료, 신문사의 홍보 활동처럼 기업이나 조직의 경우에
는 직무의 전문성을 살리는 것이 좋습니다.
삼성SDI를 경영하던 시절에 실로암병원원장 김선태이 실시
하던 저소득층 노인을 위한 개안 수술 비용의 3분의 1을 삼
성에서 지원했습니다. 지방 노인을 위한 출장 버스를 마련
하는 사업도 후원했습니다.

나는 당신을 만나 감사합니다

삼성종합기술원 경영자 시절에도 비슷한 선행 원칙을 세웠습니다. 기술원이 있던 용인시 기흥 주변에는 57개의 초등학교가 있었는데, 절반 가까운 25개 학교에 과학 교사가 없었습니다. 그래서 이 학교에 과학 교사를 파견하는 봉사 활동을 했습니다. 해마다 방학이 되면 과학 교실 아이들을 모아 400~500명이 참여하는 과학 캠프를 열기도 했습니다. 최근에는 한국공학한림원이 중심이 되어 이 운동을 전국 초등학교로 확산시키고 있습니다.

가정에서부터 착한 일을 하면 그것이 나라 사랑으로 이어집니다. 가족을 사랑하고 이웃을 사랑하고 일터를 사랑하면 그 모든 것이 모여 나라를 사랑하게 된다는 것입니다. 또 주변에 꽃과 나무를 가꾸는 선행을 하면 그것이 아름다운 마을로 이어지고 우리 국토는 다시 금수강산이 될 수 있습니다. 그리고 이것은 녹색 왕국, 경제 강국으로 이어집니다.

'1일 1선'에 대해 결론적으로 말하면 여기서 말하는 선행은 단순한 의미의 선행이 아닙니다. 가족에서 시작되는 선행이 조직화되고 전문화되고 체계화되면 그것이 곧 행복한 일터를 만드는 주요 원동력이 된다는 것입니다. 이러한 큰 그림을 이해하고 선행을 해야 행복나눔125의 '1'을 올바로 실천하고 있다고 말할 수 있습니다.

하지만 너무 어렵게 생각할 필요도 없습니다. 나작지 _{나부터} /작은 것부터/지금부터를 실천하면 됩니다. 어린아이가 방 청소를 하는 것도, 신발을 정리하는 것도, 심부름을 하는 것도 다 여기서 말하는 착한 일에 포함됩니다.

일본에서 넘어온 '이지메'라는 말이 있습니다. 한국에서는 왕따라고 합니다. 그런데 일본의 교육학자들이 연구한 결과 이지메는 어려서부터 남을 위해 착한 일을 해보지 않은 아이들에게서 더 심하게 나타난다고 합니다. 오직 자기만을 위해 행동한 아이들이라는 말과 같습니다. 그래서 일본에서는 이 연구 결과를 토대로 아이들에게 착한 일을 시키는데, 그 내용이 그리 어려운 것은 아닙니다. 칠판을 지우거나, 청소를 하는 정도입니다.

이처럼 착한 일은 어릴 때부터 습관이 되도록 하는 것이 좋습니다. 그래야만 어른이 되어도 자연스레 착한 일을 할 수 있습니다. 물론 그동안 착한 일을 하지 않았던 어른도 바로 지금부터 작은 것부터 꾸준히 실천하면 배려와 나눔의 마음이 가득해지고 더 행복한 삶을 살 수 있을 것입니다.

한 달에 책 두 권

> "어떤 아름다운 것도 거기서 감사를 빼면 이미 절름거리고 만다."
>
> 조엣

'1월 2독'은 한 달에 2권 이상 좋은 책을 읽자는 운동입니다. 각자 몸담고 있는 가족, 회사, 조직 안에서 독서토론을 하거나 독서클럽 등을 만든다면 더욱 큰 효과를 낼 수 있을 것입니다. 일반적으로 한 사람이 2천 시간을 공부하면 국내 최고 전문가, 1만 시간을 공부하면 세계 최고 전문가가 될 수 있다고 합니다. 이것을 전문 분야 독서로 환산하면 각각 100권과 500권이 됩니다.

세종대왕이 통치하던 15세기 초반의 조선은 '세계 초일류 과학기술 국가'였는데, 당시 백성들이 『농사직설』과 『향약집성방』 등 각종 서적에 나오는 지식과 정보를 공유했기 때문에 그런 나라가 가능했습니다. 이처럼 멋진 전통을 오늘에 다시 되살려야 합니다.

『성공하는 사람들의 독서습관』을 보면 독서습관의 다섯 가지 법칙이 나옵니다. '첫째, Have a purpose독서의 목적을 세워라, 둘째, Ability to move책을 통해 능력을 키워라, 셋째, Break through나의 수준을 돌파하라, 넷째, Improve myself끊임없이 노력하라, 다섯째, To the top최고를 지향하라'. 이것이 독서를 하는 데 있어서 중요한 법칙입니다만, 무엇보다 자기에게 맞는 방법을 찾아가는 태도가 더 바람직한 모습이라고 생각합니다. 사람마다 각자 살아온 환경도 다르고 관심사도 다르기 때문입니다.

그런 차원에서 일선에 있을 때의 내 독서법을 소개해봅니다. 먼저 나는 자동차 안에 대여섯 권의 책을 두고 다녔습니다. 출퇴근이나 지방으로 이동할 때 틈틈이 책을 읽기 때문입니다. 다음으로 회사의 자료실을 적극 활용했습니다. 그곳 담당자만큼 저도 책의 위치를 파악할 정도였습니다. 나는 또한 역사책을 많이 읽었습니다. 요즘 인문학 열풍이 불고 있지만 나는 그전부터 역사책을 즐겨 읽었습니다. 역사를 잘 알아야만 오늘을 정확히 분석할 수 있기 때문입니다. 나는 책을 정독하는 유형은 아닙니다. 업무가 워낙 많았기 때문이기도 하지만, 책을 펼치면 목차를 보고는 필요한 부분만 골라서 읽어나갔습니다. 그러다가 정말 중요하다고 여기는 부분은 밑줄을 그으며 정독하고 내 생각을 메모해두기도 했습니다. 어찌 보면 내 독서법은 철저히 실용적인 면이 강하다고 할 수 있습니다.

자로가 공자를 처음 만났을 때의 일입니다. 공자가 자로에게 물었습니다.

"그대는 무엇을 좋아하는가?"

자로가 퉁명스런 목소리로 답했습니다.

"나는 긴 칼을 좋아하오."

"나는 그걸 묻는 것이 아니다. 그대가 능한 기술 위에다 학문을 더하게 되면 누가 여기에 따라올 수 있겠는가? 나는 무슨 공부를 좋아하는가를 물었네."

"배우는 게 무슨 이익이 있겠소이까? 남산의 대나무는 잡아주지 않아도 저절로 반듯하게 자라는 법이오. 그리고 그 반듯한 대나무를 자르면 바로 곧은 화살이 되지요. 그러니 꼭 학문을 해야 할 이유가 무엇이란 말이오."

"곧은 화살 대가리에 쇠촉을 꽂고 꼬리에는 깃을 꽂는다면 날카롭고 가벼운 것이 겸해져서 과녁에 적중하고, 또 박히는 것이 깊어지지 않겠는가!"

자로는 공자의 이 반격에 무릎을 꿇고 두 번 절한 다음 제자의 예를 갖추었다고 합니다.

이 이야기에서 보듯이 누구보다 공부를 많이 한 공자도 끊임없이 학문의 중요성을 강조하고 있습니다. 그 학문이 우리의 생활을 더 윤택하게 해주기 때문입니다.

그런데 독서가 자신만의 독서로 그쳐서는 우리 삶을 발전시키는 데 효과가 없습니다. 앞에서 말했듯이 독서토론 모임이나 독서클럽을 만들어 서로 토론을 해야 합니다. 그러니까 독서는 토론을 더 잘해내기 위한 기초 체력 같은 것일 수도 있습니다. 독서량이 많을수록 그 토론은 지식 나열에 그치지 않고 창의적인 토론이 될 수 있습니다. 그래야만 자신들 앞에 닥친 수많은 난관을 헤쳐나가는 것은 물론 공동체의 발전에 큰 기여를 할 수 있습니다.

삼성이 세계 1등이 될 수 있었던 주요 이유 가운데 하나는 삼성만의 토론문화가 있었기 때문입니다. 그중 가장 기억에 남는 토론은 1993년 6월 7일 나온 이건희 회장의 프랑크푸르트 선언과 그 이후의 과정입니다.

'양보다 질'의 중요성을 강조한 프랑크푸르트 선언으로 시작된 신경영은 1993년 2월 로스앤젤레스LA 회의부터 시작되었다고 봐도 무방합니다. 이 회장과 삼성 임원들이 LA의 전자시장 상가를 돌아본 일이 있었습니다. 직접 현장에 나

나는 당신을 만나 감사합니다

가보니 눈에 가장 잘 띄는 높이의 전시대에는 온통 소니나 도시바 같은 일본 제품들이 차지하고 있었습니다.

전자제품에서 한물간 것으로 알려진 미국산이 오히려 그 다음을 차지하고 있었고, 삼성 제품은 맨 밑바닥에서 먼지만 쌓인 채 방치되어 있다시피 했습니다. 어떤 건 고장 난 채로, 또 어떤 상가에선 덤으로 끼워 파는 경품으로 내놓기도 했습니다. 힘들게 생산해낸 우리 제품이 경품 취급을 받으며 진열대 바닥에 놓인 모습은 그 자체로 충격이었습니다.

21세기는 정보의 혁명과 공유를 통해 모든 고객들이 1, 2등만 알고 찾는 시대가 올 것이라는 게 평소 이 회장의 생각이었습니다. 자동차 회사도 3등 안에는 들어야 하고, 반도체도 1, 2등만 이익을 낼 것이라고 예견했습니다. 그런데 삼성은 1, 2등은커녕 아직 10등 안에도 못 끼는 수준이었습니다.

이 회장은 "이대로는 살아남기는커녕 망할 일만 남았다"고 결론을 내렸습니다. 하지만 이 회장을 제외한 어떤 임원도 이렇게 심각하게 생각하는 사람이 없었습니다. 그저 실적과 매출 분석만 보고 큰 문제가 없다고 여겼던 것입니다. 하지만 이 회장은 세기말의 변화를 보며 누구보다 절실한 위기의식을 품고 있었습니다. 그렇게 잠을 이루지 못하면서 얻어낸 답이 바로 '질' 경영이었던 것입니다.

이 회장은 세계 최고의 품질이 어떤 것인지 보고 듣고 깨닫지 못한 어리석음이 삼성 위기의 본질이라고 생각했습니다. 그 생각은 행동으로 이어졌습니다. 어느 날 갑자기 삼성전자의 관계사 임원들을 한 명도 빼놓지 말고 다 집합시키라는 명령이 떨어졌습니다. 200명이 넘는 삼성전자 임원들이 프랑크푸르트에 모여들기 시작했습니다.

수행팀에 떨어진 명령은 "이제부터 유럽에서 세계 최고를 찾고 견학시켜 보여주라"는 것이었습니다. 자동차 제조의 최고라는 벤츠와 폭스바겐, 에어버스를 조립하는 파리 공항 조립 현장, 세계 제일의 백화점과 각종 인프라 등 세계 최고의 리스트를 만들었습니다. 그리고 실제 그 리스트대로 직접 찾아갔습니다. 돌아와서는 매일 저녁마다 각자 보고 들은 것에 대한 회의가 열렸습니다. '뼈저린 반성'이 회의 내용의 대부분일 수밖에 없었습니다.

그렇게 시작된 여정이 유럽과 일본을 거쳐 68일간 이어졌습니다. 그동안 임원들은 회사 일에서 완벽하게 벗어났고 전화도 할 수 없었습니다. 처음엔 몇 가지 질책만 듣고 곧 돌아갈 것으로 생각해 2~3일 출장 준비만 해온 사람도 많았습니다.

세계의 기업 역사에서 리더들의 마인드를 바꾸기 위한 이런 집중 교육 사례는 찾아보기 힘듭니다. 세계 최고를 직접 보고 우리의 현실과 비교하는 과정을 통해 임원들 전부가 '우리가 우물 안 개구리'였다는 걸 깨달았습니다. 그 깨달음은 현장 개선으로 이어졌습니다. 바로 이런 혁신 과정을 통해 오늘날 글로벌 삼성이 나온 것입니다.

내가 삼성에서 토론에 대한 중요성을 알게 된 것은 신경영 선포 이전의 일입니다. 1986년 삼성전기에서 일할 무렵이었습니다. 당시 삼성전기는 이병철 회장의 지시로 '5년에 10배 성장'이라는 기업 목표를 달성해야 했습니다. 불가능해 보이기만한 이 목표를 이루기 위한 방법으로 삼성전기는 무려 25개의 신규 사업을 동시다발로 추진하였습니다. 하나의 신규 사업을 성공시키는 것도 결코 쉽지 않은데, 그 많은 사업을 모두 궤도에 올려놓아야 했으니 고민이 이만저만이 아니었던 시절이었습니다.

그래도 포기하지 않고 방법을 찾았습니다. 그것은 바로 토론을 하는 것이었습니다. 각 사업장마다 매일매일 터져나오는 문제를 해결하고 대안을 세우는 것은 토론밖에 없다는 판단이 들었습니다. 서로의 문제를 터놓고 공유해야만 혁신적인 아이디어가 나올 것 같았기 때문이었습니다. 그래서 그 무렵 나는 저녁마다 해물탕 집을 전세 내 그곳에서 밤 12시가 다 되어가도록 직원들과 토론을 했습니다. 솔직한 대화가 이어졌고, 신규 사업은 궤도에 오를 수 있었습니다.

그 이후 나는 삼성SDI에서 또 다른 고민을 해야 했습니다. 이건희 회장의 특별 지시가 떨어졌기 때문이었습니다. 세계 최고의 브라운관, 즉 월드베스트브라운관을 만들라는 것이었습니다. 그때 나는 반도체 시장에서 세계 1등을 일군 황창규 사장당시 삼성반도체연구소장이 떠올라 그를 찾아가 물었습니다. "반도체는 8년만에 세계 1등이 되었다. 어떻게 하면 그렇게 될 수 있느냐?" 황 사장은 그 비결이 '수요공정회의'에 있다고 했습니다. 매주 수요일 오후가 되면 모든 기술자들이 한 자리에 모여 기술 이슈에 대해 벌이는 열린 토론이 수요공정회의인데, 무려 1,100회가 넘었다고 했습니다.

그래서 나는 황창규 소장을 내가 근무하는 부산 공장으로 초청해 특강을 부탁했습니다. 토론을 중시하는 황창규 소장의 특별 강연은 큰 도움이 되었고, 나는 '수요공정회의'를 벤치마킹해 '금요공정회의'를 만들었습니다. 그렇게 금요공정회의를 꾸준히 한 결과 우리는 1년 6개월 만에 'Dyna Flat'라는 세계 최고의 34인치 월드베스트브라운관을 만들 수 있었습니다.

이처럼 엄청난 효과를 가져다주는 토론이 왜 중요한지를

다시 한 번 짚고 넘어가겠습니다. 독서로 쌓은 지식을 가지고 토론을 하면 창의력이 생기고 이는 창의적인 두뇌가 만들어진다는 것을 뜻합니다. 이러한 개인의 창의력이 토론을 통해 지적 충돌을 일으키게 되면 집단적 창의력이 생기고, 이것은 또 곧바로 소통과 융합 능력으로 이어져 상상 이상의 시너지 효과를 창출합니다. 그러니까 토론이 없는 독서는 신바람 나는 일터 만들기에 큰 기여를 못 할 수도 있다는 말입니다.

결론적으로 '1월 2독'의 목적은 좋아하는 책을 즐기며 읽는 나라, 독서토론과 활발한 토론문화로 창의적인 교육이 이루어지는 나라, 그런 환경에서 지혜로운 인재가 많이 나와 지금보다 더 좋은 나라로 가기 위한 것입니다. 단순히 개인의 발전만을 위한 독서가 아니라 모두를 위한 독서가 되어야만 한다는 점 곰곰이 되새겨보길 바랍니다.

하루에 다섯 가지 감사

"감사할 줄 아는 사람에게 베풀어주는 사람은
높은 이자로 빌려주는 것과 같다."

영국 격언

'1일 5감'은 하루에 다섯 가지 이상 감사한 일을 찾아내 기록하고 나누자는 것입니다. 이를 위해 감사노트, 감사일기, 감사편지, 감사카드, 감사문자, 감사카톡 등의 다양한 도구를 활용할 수 있습니다. 아무리 많은 지식을 갖고 있어도 감사할 줄 모르면 소용이 없습니다. 감사의 토양에 깊이 뿌리를 박지 못한 지식은 도리어 탁상공론과 이념논쟁만 부추겨 사회적 혼란과 재앙을 가져올 수도 있다는 사실을 명심해야 합니다.

그렇다면 감사란 무엇일까요? 감사는 파동wave이며, 힘power이며, 에너지energy입니다. 이와 관련 제갈정웅 대림대학

나는 당신을 만나 감사합니다

교 전 총장이 직접 시행한 실험은 시사적입니다. 제갈 전 총장의 실험 방법은 아주 간단합니다. 우선 깨끗한 유리병 세 개를 준비하고 첫 번째 병에는 '감사합니다', 두 번째 병에는 '저주합니다'라는 글씨를 써서 붙였습니다. 아무것도 쓰지 않은 세 번째 병은 무관심 속에 방치했습니다. 이 세 개의 유리병에 밥을 넣은 다음 매일 두 개의 병을 향해 글씨에 적혀 있는 대로 말해주었습니다.

그렇게 한 달간 실험을 한 뒤에 밥에 어떤 변화가 있었는지 살펴봤더니 놀라운 결과가 나타났습니다. '감사합니다'를 써붙인 밥에는 하얀 곰팡이가 피면서 발효가 되었습니다. 하지만 '저주합니다'를 써붙인 밥에는 까맣게 곰팡이가 피어나고 부패해서 보기에 흉했습니다. 냄새도 전혀 달랐습니다. 앞쪽 밥에선 누룩처럼 구수한 향기가 풍긴 반면 뒤의 밥에선 지독한 악취가 풍겼습니다.

제갈 전 총장은 전자현미경을 이용해 곰팡이 사진도 찍어보았습니다. '저주합니다'의 곰팡이 결정체는 불규칙했지만 '감사합니다'의 곰팡이 결정체는 규칙적이었습니다. '무관심'의 곰팡이 결정체는 보기에 가장 흉했고, 나중에는 밥이 짓물러 물이 되었습니다. 마지막에는 곰팡이조차 해체되었습니다. '저주합니다'보다 '무관심'의 부정적 파괴력이 더

세다는 사실이 입증된 것입니다. 생각해보면 그렇습니다. 감사를 하면 그 대상에 관심을 갖게 됩니다. 따라서 세상에서 가장 나쁜 것은 무관심입니다. 감사를 하면 무관심의 벽이 무너지면서 성과가 높아집니다.

감사가 자녀의 성적에 영향을 미친 두 가지 사례가 있어서 소개합니다.

제갈 전 총장의 막내아들이 중학교에 다닐 무렵 그 아이의 성적은 거의 하위권에 있었다고 합니다. 그래서 아이와 의논 끝에 미국에 가면 새롭게 달라지지 않을까 해서 미국 고등학교로 유학을 보냈다고 합니다. 그런데 거기서도 성적은 오르지 않고 하위권을 맴돌고 있었다고 합니다.

방학을 맞아 집으로 귀국한 아들을 본 제갈 전 총장은 아무 말없이 밥실험을 함께했다고 합니다. 그 실험을 본 아이는 다시 미국으로 건너갔는데, 어느 날 우등상을 받았다는 연락이 왔답니다. 그 연유를 물으니 아이는 "무생물인 밥도 감사하면 썩지 않고 잘 있는데, 생물인 내가 이렇게 살면 안 된다는 생각이 들어 매일 감사하며 살았어요"라고 말했답니다. 그렇게 감사하는 삶이 아이의 모습을 크게 바꾸었던 것입니다.

100감사쓰기의 전도사로 유명한 안남웅 전 재미 목사도

비슷한 경험을 가지고 있습니다. 본래 안 목사는 성질이 급하고 화를 잘 내는 사람이었다고 합니다. 그 영향이 고스란히 딸에게 전해졌고, 그래서 딸은 아버지를 싫어했다고 합니다. 그런데 안 목사가 감사의 힘을 알고 스스로 변해가자, 딸아이도 그런 아버지의 모습을 보고 스스로 변화를 일으켰답니다.

그래서 공부를 등한시했던 딸아이는 공부에 힘을 기울여 고등학교를 1등으로 졸업했고, 아버지는 3천 명이 모인 졸업식에 가서 상을 받기도 했답니다. 그 뒤 딸아이는 1년에 100명 뽑는다는 빌 게이츠 장학재단의 장학생으로 선발되었는데, 한국 학생은 5명뿐이었다고 합니다. 이러한 딸아이의 성장 모습을 안 목사는 "감사를 통해 새 싹을 누르고 있는 돌덩이를 치우면 누구든지 '평범함'에서 '탁월함'으로 위치 이동을 할 수 있다"고 말합니다. 감사의 위대한 힘을 강조한 것입니다.

그렇다면 제갈 전 총장과 안 목사의 자녀가 우등생이 될 수 있었던 이유는 무엇일까요? 최근 교육학과 심리학의 연구 결과에 따르면, 아이들은 우선 행복해져야 비로소 자신의 능력을 제대로 발휘할 수 있다고 합니다. 긍정심리학의 창시자인 마틴 셀리그만이나 확장과 수립 이론의 프레드릭

슨 등의 주장에 따르면 긍정적 정서는 호기심과 창의성을 유발시키고, 아이의 잠재 능력을 발달시켜준다고 합니다. 실제로 감사하는 마음을 가졌을 때 뇌의 혈류량과 심장박동은 분노하거나 부정적인 생각에 사로잡혔을 때의 심장박동보다 훨씬 활성화되고 안정적입니다.

여기서 우리는 '감사의 메커니즘'을 발견할 수 있습니다. 감사를 실천하면 잠재력 개발과 전문성 향상으로 이어집니다. 동시에 뇌의 혈류량을 증가시켜 건강을 향상시키고, 긍정 마인드를 강화해 인간관계 개선에도 도움을 줍니다.

행복이란 가진 것에 만족하는 것인데, 그렇다면 만족하는 방법에는 무엇이 있을까요? 범사에 감사하면 가진 것에 만족을 얻을 수 있습니다. 범사에 감사할 정도가 되려면 감사가 습관화·생활화되어야 하는데, 이때 감사일기 쓰기의 습관화가 가장 좋은 방법 가운데 하나입니다.

1만 번의 법칙이 있습니다. 어떤 목표나 소망을 가지고 1만 번 이상 되풀이하면 습관화·생활화되어 그것이 반드시 이루어진다는 것입니다. 우리 조상들이 해왔던 100일 기도와 같은 뜻입니다. 유태인들도 이런 법칙을 믿었습니다. 히브리어의 '아브라카다브라Abracadabra'는 말한 대로 이루어진다는 의미를 가지고 있습니다. 바로 1만 번의 법칙을 깨닫고 실천해온 것이라 볼 수 있습니다.

현대에서 이런 법칙을 증명하는 사람들이 꽤 많습니다. 사토 도미오는 미국 패튼대학 학장, 중국 써우두首都 의과대학 명예교수를 지냈던 인물입니다. 대뇌 자율신경계와 인간의 행동, 언어 관계성을 연구해 자기만의 독특한 이론인 '입버릇 과학'을 확립한 그는 "운은 기적이나 우연이 아닌 자기 마음이 부른다. 행운을 부르는 가장 강력한 기본 요소는 감사하는 마음이다"라고 주장했습니다.

프랑스인 에밀 쿠에는 진심으로 자신을 믿으면 그 믿음이 축적되어 곧 현실이 된다는 '자기 암시'를 창시하였습니다. 그는 '자기 암시법'을 통해 정신적·육체적으로 고통받던 많은 이들을 치료해 행복한 삶으로 이끌었으며, 일반 환자들은 물론이고 의사들과 정치가에게까지 광범위한 영향을 끼쳤습니다. 실제로 뇌는 상상과 현실을 구별하지 못합니다. 입으로 말하면 잠재의식을 통해 자율신경계를 작동하여 현실화됩니다.

2부에서 자세히 살펴보겠지만, 긍정심리학이라는 학문이 있습니다. 1998년 1월 멕시코 유카단에서 마틴 셀리그만 펜실베이니아대학 교수와 미하이 칙센트미하이 클레어몬트대학 피터 드러커 대학원 교수 등이 긍정심리학회를 결성하면서 등장한 것이 긍정심리학Positive Psychology입니다. 긍정심리학은 이후 심리학과 교육학은 물론 경영학에도 지대한 영향을 미쳤습니다.

특히 경영학 가운데 조직행위론 쪽에서 많은 연구가 진행되었는데, 이 분야의 학자들은 희망, 효능감, 회복력, 낙관주의 등에 대한 연구 결과를 발표했습니다. 이렇게 개별적으로 발표한 연구 결과들을 미국 네브라스카 경영대 프레드 루선스 석좌교수가 긍정심리 자본이라는 하나의 플랫폼에 집약시켰습니다. 개별 요소들의 측정 방법을 통일시켜 쉽게 접근할 수 있게 한 것입니다.

금융 자본Financial Capital이 과거의 성과를 알려준다면 긍정심리 자본PPC은 미래의 성과를 예측할 수 있게 합니다. 긍정심리 자본은 전반적으로 조직원의 성과도 향상시킵니다. 그래서 긍정심리 자본과 조직행위의 통합은 앞으로도 계속될 것입니다.

앞에서도 말했지만, 21세기 4대 자본으로 경제적 자본 외에 인적 자본, 사회적 자본, 긍정심리 자본을 얘기합니다. 북유럽은 교육혁명으로 인적 자본을 충실하게 개발해온 것은 물론이고, 행복한 복지국가를 비전으로 신뢰를 바탕으로 한 사회적 자본을 충실히 해 융합과 시너지를 창출하는 문화적

기반을 튼튼히 했습니다. 또 감사를 바탕으로 긍정심리 자본을 충실하게 조성해 왔습니다.

긍정심리 자본과 관련해 성경에 나오는 출애굽기 이야기를 잠깐 해보겠습니다. 모세는 이스라엘 백성을 데리고 이집트를 벗어나려고 온갖 노력을 했지만, 오랫동안 성공을 하지 못했습니다. 모세의 뒤를 이은 여호수아는 가나안 땅에 들어갈 수 있다는 긍정의 믿음을 강하게 말했고, 구성원 가운데 20퍼센트만이 그의 말을 받아들였다고 합니다. 이렇게 만들어진 긍정심리 자본이 결국 가나안을 정복하고 이스라엘 왕국을 만들 수 있게 한 원동력입니다. 즉, 긍정 마인드의 힘이 기적을 이룬 것입니다. 그리고 역시 이 긍정심리 자본의 밑바탕에는 자신들을 버리지 않을 것이라는 하나님에 대한 감사의 마음이 있었을 것입니다.

이처럼 지금까지 몇 가지 사례만 봐도 감사의 힘은 정말 위대하지 않습니까? 개인의 변화는 물론 조직과 사회를 변화시키는 가장 중요한 원천이라고 느껴지지 않습니까? 바로 이것입니다. 착한 일이나 독서나 토론이나 이 모든 것의 바탕에는 감사의 마음이 있어야 합니다. 그래야만 그 모든 것이 진정으로 변화를 일으킬 수 있습니다.

행복나눔11

행복국가로 가는 길

"고마운 마음은 창조적인 반응과 삶의 힘을 증진시켜준다."
스트라잇

다음은 우리가 익숙하게 알고 있는 인도의 시성 타고르의 〈동방의 등불〉이란 시 앞부분입니다.

일찍이 아시아의 황금 시기에
빛나던 등불의 하나인 코리아
그 등불 다시 한 번 켜지는 날에
너는 동방의 밝은 등불이 되라

1929년 동아일보에 발표된 이 시의 내용을 가지고 여러 해석도 있고, 시의 진위에 대한 연구도 다각도로 이루어지

나는 당신을 만나 감사합니다

고 있는 것으로 알고 있습니다. 하지만 나는 이 시를 대할 때마다 딱 하나의 이유로 감동을 받습니다. 우리나라가 동방의 등불이 되어야 하고, 그것이 실현될 수 있다는 믿음 때문입니다.

불교계의 대표적인 학승인 탄허 스님도 『주역선해周易禪解』에서 아래와 같이 말했습니다.

우리 선조가 적선해온 여음餘蔭으로 우리 한국은 필경 복을 받게 될 것입니다. 우선 이 우주의 변화가 이렇게 오는 것을 학술적으로 전개한 이가 한국인 김일부 외엔 있지 않으며, 이 세계가 멸망이냐 심판이냐 하는 무서운 화탕火湯 속에서 인류를 구출해낼 수 있는 방안을 가지고 있는 이도 한국인 외에 또다시 없는 것입니다. 오래지 않아 우리나라에는 위대한 인물들이 나와서 조국을 통일하고 평화적인 국가를 건설할 것이며 모든 국내의 문제를 해결하고 우리의 국위를 선양할 것입니다. 그러고 보면 한국은 세계적인 신도神都, 다시 말하면 정신 수도首都의 근거지라 하여도 과언이 아닐 것입니다.

이 또한 우리나라가 세계 정신문화의 중심지가 되어 세계를 이끄는 위대한 나라가 될 것이고, 그 바탕은 이미 오래전부터 만들어져왔다는 것을 말하고 있습니다.

다시 말하지만 이것을 이루는 출발은 행복나눔125의 실천입니다. 그리고 이미 우리 민족은 행복나눔125를 실천할 수 있는 마음을 가지고 있었습니다. 대표적인 게 홍익인간, 세속오계, 생생지락, 새마을운동이라고 말했습니다. 우리는 이처럼 훌륭한 정신문화를 다시 복원해 발전시켜야만 미래에 한류4.0 시대를 열 수 있습니다. 그 가능성은 확인되었고, 이제 그 길로 나가는 일만 남았습니다.

고인이 된 김수환 추기경은 오랫동안 불면증에 시달렸다고 합니다. 그 이유는 다름 아닌 나라 걱정 때문이었다고 합니다. 선종하기 전 병문안을 온 사람들에게 남긴 다음의 말을 들어보면 그의 나라 사랑을 알 수가 있을 것입니다. 이 내용은 『김수환 추기경의 친전』차동엽 엮음에 나옵니다.

첫째, 우리 국민은 부지런하지만 정직하지 못하다. 부정부패가 만연하고, 윤리도덕이 땅에 떨어졌다. 이래 가지고는 일등 국민이 못 된다. 정직하지 못하면 서로 신뢰가 무너지고 건강한 공동체가 못 된다.

둘째, 우리 국민은 법을 잘 지키지 않는다. 누구든 법을 잘 지키는 법치주의가 제대로 될 때 우리나라가 선진국이 되고 정의가 제대로 설 수가 있다.

셋째, 우리 국민은 남을 배려할 줄 모른다. 이기주의가 너무 강하다. 내 탓보다는 남의 탓만 한다. 이웃을 사랑할 줄 모른다. 탈북자, 다문화가정, 장애인, 노숙자 등에 대한 나눔이 부족하다.

이 내용을 엮은이 차동엽 신부는 이렇게 풀이했습니다.

다만 이 세 가지를 김 추기경은 상황과 듣는 이에 따라서 적절히 바꾸어 표현하는 융통성을 기했다는 사실을 유념해두면 좋을 것이다.

진리는 진실, 정직, 거짓 없음 등으로 바뀌어 표현되곤 한다.
정의는 준법, 양심, 차별 없음, 성실 등으로 달리 표현되곤 한다.
사랑은 배려, 친절로 대신 표기되기도 한다.

어쨌든 김 추기경은 이 세 가지가 개인적으로는 행복의 길이며, 국가적으로는 '1등 민족'이 되는 길이라고 꿰뚫어 보았다.

그렇다면 김수환 추기경은 우리가 1등 국민이 되기 위해서는 무엇부터 해야 한다고 했을까요? 그는 우리가 익히 아

는 노래의 한 구절로 그것을 대신했습니다. "가을엔 편지를 쓰겠어요. 누구라도 그대가 되어 받아주세요." 이 말도 해석하기 나름이겠지만, 나는 이것이 감사가 아닐까 생각해봅니다. 특정인이 아닌 모두에게 감사의 마음을 전하고, 그 마음으로 소통하고 교감하고 사랑하는 모습들, 그런 감사가 넘치는 세상을 혹 김수환 추기경은 바라지 않았을까요?

다시 한 번 강조하지만 행복나눔125의 바탕은 감사라고 말했습니다. 감사하는 마음으로 착한 일을 하고, 독서를 하고, 토론을 하고, 소통을 하면 그 어느 곳도 행복이 넘쳐날 수 있습니다. 그곳이 가정이면 가정이 행복해지고, 일터면 일터가 행복해지고, 나라면 나라가 행복해지는 것입니다. 즉, 행복한 나에서 행복한 가정으로, 행복한 가정에서 행복한 일터로, 행복한 일터에서 행복한 사회로 나아가는 것입니다.

'1일 1선'을 시작하게 되면 그것은 언젠가 일상의 선행을 하는 것으로 바뀌게 됩니다. 착한 일이 몸에 배는 것입니다. 그렇게 착한 일을 자주 하게 되면 우리 사회에는 나눔과 배려의 문화가 만들어집니다. 서로가 서로를 존중하고 존경하기 때문에 이 나라는 언젠가 존경받는 나라가 되는 것입니다.

'1월 2독'도 마찬가지입니다. 독서가 우리 삶에 얼마나 유익한가를 알게 되면 그다음부터는 독서 역시 일상이 됩니다. 안중근 의사가 감옥에서 남긴 말 가운데 "일일부독서 구중생형극一日不讀書 口中生荊棘"이란 유명한 말이 있습니다. 하루라도 책을 읽지 않으면 입 안에 가시가 돋는다는 말입니다. 우리도 독서에 습관을 갖게 되면 이런 경지에 오를 수 있습니다.

독서가 일상화되면 개인이 지혜로워집니다. 그리고 독서 토론 등을 통해 각자의 생각을 나누고 공유하고 이해하고 배려하면 창의성이 생겨납니다. 토론 속에 자기도 모르게 새로운 생각들이 번득인다는 것입니다. 구태의연하고 틀 속에 박힌 생각들이 아니라 새로운 문화를 만들 수 있는 독특하고 기발한 생각들이 활짝 피어난다는 것입니다.

독서를 통해 지식과 지혜가 많아지면 자각의 힘이 생기고 자기중심이 제대로 섭니다. 그렇게 되면 아집이 생기는 것이 아니라 자기를 버릴 줄 알게 됩니다. 자기는 자기 혼자 사는 것이 아니고 더불어 산다는 현실을 깨닫게 된다는 것입니다. 나와 다른 생각을 가진 사람들을 이해하면 누구든 너그럽게 포용할 수 있게 되고, 다른 의견도 소중히 여기게 됩니다. 이는 내가 잘 되기 위해서는 타인도 잘 되어야 한다는 것을 알게 되고, 그것은 곧 원활한 소통으로 이어집니다. 이러한 창의와 소통의 문화가 형성되면 우리 모두는 지혜로운 사람이 되고, 그것은 곧 지혜로운 국민으로 이어집니다.

'1일 5감'도 역시나 마찬가지입니다. 처음에는 쉽지 않지만 감사를 일상화하게 되면 감사하는 삶이 얼마나 많은 행복을 가져다주는지 깨닫게 됩니다. 행복한 삶으로 가기 위한 여러 방편들이 있지만, 감사만큼 근본적이고 단시일에 행복을 가져다주지는 않습니다. 그렇기 때문에 서로 감사하고 감사를 나누는 모습은 우리 사회를 빠른 속도로 행복하게 만들 것입니다.

정리해보자면, 행복나눔125는 착한 일 하기, 좋은 책 읽기, 감사나누기를 습관화·생활화하여 나 자신부터 변화하고 그것을 기반으로 행복한 가정과 일터를 만들어 '지혜로운 국민, 행복한 사회, 존경받는 나라'의 꿈을 이루어나가자는 것입니다. 아울러 단군 시대의 홍익인간, 세종 시대의 창조경영 등 우리의 유구한 역사와 전통에서 살아 숨 쉬었던 정신문화를 오늘에 되살려 '신바람 나는 행복한 나라'를 만들어 민족 역량을 드높이고, 나아가 인류의 평화와 공영에 이바지하자는 것입니다.

한국에는 중산층의 기준이 있습니다. 월급 500만 원 이상, 자동차 2000cc 이상, 예금 잔고 1억 원 이상, 해외여행 1년에 1회 이상 등입니다. 하지만 선진국에선 '중산층의 기준'

나는 당신을 만나 감사합니다

이 전혀 다릅니다. 영국에선 '페어플레이', 미국에선 '비평지 구독', 프랑스에선 '악기 다루기'가 필수입니다. 세 나라가 모두 중시하는 것도 있습니다. '사회적 약자에 대한 관심과 애정', '사회적 불의에 대한 분노와 저항' 등이 바로 그것입니다.

이처럼 대한민국이 진정으로 존경받는 나라가 되려면 앞으로도 그 길은 멉니다. 하지만 지금까지 말했지만, 그 길은 분명합니다. 우리에게는 원시반본原始返本이라는 말이 있습니다. 가을에는 모든 생명이 자기 뿌리를 찾아 돌아간다는 이치를 뜻합니다. 또한 이는 단순한 회귀가 아닌 처음 생명이 열렸던 시대로 다시 돌아가는 것을 뜻합니다.

그 시대가 우리에게는 홍익인간이 구현되었던 단군 시대입니다. 돼지처럼 모든 것을 남김없이 베풀고 세상을 떠나는 그런 미덕이 있던 세상 말입니다. 그것은 곧 한 생명이 흔적 없이 사라지는 것이 아니라 새 생명의 시작을 알리는 장엄한 서곡 같은 울림이 있는 세상입니다.

사실 지금의 자본주의는 굉장히 냉정하고 엄혹합니다. 이러한 냉혹한 자본주의가 수많은 분쟁과 사회 갈등을 일으키고 있습니다. 이것을 극복하는 길은 냉혹한 자본주의를 따듯하게 만드는 것입니다. 거듭 말하지만 그 뿌리는 홍익인간, 생생지락, 새마을운동 등이 될 것입니다. 모든 생명이 존중받고 나누는 미덕이 있고 감사의 마음이 넘치는 그러한 원시반본의 사상이 존재했던 그런 아름답고 행복한 시대가 이제 곧 열릴 것입니다. 그 출발은 바로 행복나눔125가 될 것입니다. 여러분 모두와 그 길을 함께 걷고 싶습니다. 감사합니다.

나는 당신을 만나 감사합니다

2

감사나눔의 위대한 재발견

감사는 과학입니다

> *"과도한 감사만큼 아름다운 지나침은 없다."*
> 라 브뤼에르

    21세기는 바야흐로 과학의 시대입니다. 과학이 패러다임을 바꾸는 기준이 되는 것은 물론이고 과학이라는 이름으로 증명되지 못하는 것들은 쉽게 외면을 받고 있습니다. 이는 물론 과학의 발달에 힘입은 것이지만, 더 중요한 사실은 사람들이 과학의 힘을 믿고 있기 때문입니다. 한 마디로 개인의 체험에 국한되는 것이나 실험 근거나 자료가 없는 주관적인 주장은 점점 더 설득력을 잃어가고 있는 추세입니다.

    하지만 처음부터 인간이 과학의 힘을 믿었던 것은 아닙니다. 과학이 없었던 시대는 분명 지금보다 더한 공포와 두려움에 떨며 살았을 테지만, 그렇다고 늘 그렇게 살지는 않았을 것입니다. 실험 근거가 없어도 마음이 움직이는 대로 좋은 것을 믿고 행복의 기준을 세우고 거기에 따라 삶을 영위해갔기 때문에 행복한 마음으로 행복한 세상을 살았을 것입니다.

앞에서도 말했지만, 단군 시대나 세종 시대가 그랬습니다. 남을 위하고 배려하고 나누고 감사하는 마음이 어떻게 놀라운 힘을 일으켜 행복세상을 일구는지 과학적 실험 자료가 없었어도 감사 자체가 좋아서 그렇게 행동을 했습니다. 남을 미워하거나 배척하고 폭력을 행사하거나 전쟁을 일으키는 삶의 태도가 감사하는 삶보다 분명 나쁘다는 사실을 알았다는 것입니다.

그런데 지금은 상황이 많이 달라졌습니다. 뭐든지 과학적 근거가 약하면 믿음을 많이 잃을 수 있습니다. 이는 사실 서양 문화의 유입으로 그 영향력이 더욱 커졌습니다. 오늘날의 과학적 실험의 토대를 만든 것은 서양이고, 또 그러한 사례들도 서양이 가장 많이 가지고 있기 때문입니다. 서양은 끊임없이 물질을 분해하면서 분석하는 시스템을 가졌고, 이는 정신세계를 들여다보는 데도 적용되었습니다.

그 대표적인 예가 정신분석학의 창시자인 프로이트가 연구한 정신세계입니다. 그는 인간의 의식을 크게 의식, 전의식, 무의식으로 나누었는데, 이 가운데 무의식의 세계는 더 세분화되면서 자아, 초자아, 이드로 나누어집니다. 이처럼 복잡해 보이기만한 정신세계를 연구한 근본 목적은 다름 아닌 사람의 정신을 올바로 세우는 것이었습니다. 고통과 아픔을 치유하는 행위 말입니다.

프로이트 이후 사람의 정신을 치료하는 많은 방법이 연구되었고, 그것은 사람의 마음을 연구하는 또 하나의 학문으로 자리 잡아 나갔습니다. 바로 철학과 정신의학에서 심리학이 분리되어 나온 것입니다. 서로 연관관계가 없는 것은 아니지만 점점 갈라지고 세분화되는 서양 학문의 특성이 그러한 분파를 낳았고, 심리학은 자체의 학문으로 자기 세계를 구축해나갔습니다.

그러면서 심리학은 본격적으로 사람의 심리를 실험으로 증명해나가기 시작했습니다. 이때부터 실험 자료가 없는 주장이나 개인의 주관적 체험은 과학적 근거를 요구받았고, 그것이 없는 사유는 인간의 관심사로부터 멀어져갔습니다.

사실 인류는 오랫동안 행복의 기준을 세웠고, 그 기준에 도달하려고 많은 노력을 했습니다. 그 가운데 행복한 마음의 상태에 이르려는 노력은 가히 눈물겨웠고, 저마다 각자의 독특한 해석을 내놓았습니다. 아리스토텔레스의 행복론부터 공자의 인仁 사상, 예수와 부처의 가르침 등등 이런 노력은 이루 헤아릴 수가 없을 것입니다.

그런데 21세기에 들어서 이러한 인류의 가르침은 서서히 실험의 장으로 들어와야 했습니다. 이것은 심리학자는 물론 과학자들에게도 실험의 대상이 되어야 했고, 인류의 오랜 가르침은 이제 과학 실험에 의해서 타당성을 검증받기 시작했다는 것입니다. 그리고 더욱 놀라운 일은 그러한 가르침이 과학적으로 옳았다는 것입니다. 어찌 보면 굳이 그런 실험을 하지 않아도 됐을 텐데 말입니다.

여기서 더욱 놀라운 심리학의 역사가 태동했습니다. 21세기 전까지만 해도 심리학에서 주된 관심사는 인간의 부정적인 마음이었습니다. 인간이 행복한 상태에 도달하기 위해서는 부정적인 마음을 잘 다스리거나 제거하면 된다고 여겼기 때문이었습니다. 그래서 인간의 정신에 질환이라는 이름을 붙여놓고는 정상 상태에서 벗어났다고 판단하면 약물 치료나 특수 심리 요법으로 부정적인 마음을 제거하는 것에만 초점이 맞추어져 있었습니다.

이것을 몇몇 심리학자들이 눈여겨보기 시작했습니다. 그러면서 한 가지 중요한 사실을 깨달았습니다. 늘 그래왔던 것처럼 인간의 부정적인 마음을 제거해나가고 있는데 인간의 정신은 좀처럼 행복한 상태에 도달하지 못하고 오히려 각종 정신질환에 시달리는 사람들이 늘어만 간다는 현실이었습니다. 그것은 곧 가정과 기업 그리고 사회 나아가 국가로 이어져 좀처럼 행복지수가 올라가는 공동체가 되지 못하는 것을 그들은 알아챘습니다.

그러한 반성 끝에 새로운 심리학의 역사가 열렸습니다. 이른바 긍정심리학의 탄생이었습니다. 1998년 미국심리학회장으로 취임한 마틴 셀리그만은 "심리학은 인간의 약점과 장애에 대한 학문만이 아니라 인간의 강점과 덕성에 대한 학문이기도 해야 한다. 진정한 치료는 손상된 것을 고치는 것만이 아니라 우리 안에 있는 최선의 가능성을 이끌어내는 것이어야 한다"라고 제안했고, 이것을 긍정심리학이라고 명명했습니다.

긍정심리학이 태동하기 이전인 1958년 야호다Jahoda는 『긍정적 정신 건강의 현대적 개념』이란 저서에서 긍정적인 정신 건강의 공통적 요소를 여섯 가지로 정리했습니다. '1)자기수용, 2)성장과 발달, 3)성격 통합, 4)자율성, 5)정확한 현실 지각, 6)환경적 통제'였습니다. 이것을 토대로 한 연구는 꾸준히 이어졌고, 그 결과가 바로 오늘날 긍정심리학으로 이어졌다고 봐야 할 것입니다.

긍정심리학에서 가장 중요한 내용은 인간의 긍정 정서와

부정 정서가 서로 독립적이라는 사실입니다. 그러니까 부정 정서 제거는 중립적 정서일 뿐 그것이 긍정 정서로 이어지는 것은 아니라는 것입니다. 그리고 긍정심리학에서는 행복한 상태를 주관적 안녕이라는 용어로 지칭합니다. 주관적 안녕은 많은 긍정 정서와 적은 부정 정서 그리고 높은 삶의 만족도를 경험하는 상태라고 정의됩니다. 그래서 우리가 행복한 상태에 도달하기 위해서는 부정 정서를 제거하는데 노력을 기울이는 것보다 긍정 정서를 더 높이는데 힘을 모아야 한다는 것입니다.

그렇다면 긍정 정서를 높이 올리는 최고의 방법은 무엇일까요? 그것이 바로 감사의 마음을 나누는 것이었습니다. 감사는 생리적 기능이나 신체적 건강과도 상관을 지니는데, 5분 동안 의도적으로 감사를 경험하도록 지시받은 피험자들은 부교감신경계 활동뿐만 아니라 여러 자율신경계 측정치들이 긍정적으로 변화했다는 연구 결과가 있습니다.McCraty, Atkinson, Tiller, Rein, & Watkins, 1995.

감사의 목적은 역시 행복한 삶을 영위하기 위해서입니다. 그래서 이번에는 감사와 행복의 관계에 대해서 살펴보겠습니다. 먼저 마틴 셀리그만이 자신의 논문에서 말한 행복의 세 가지 조건을 들여다보겠습니다.

즐거운 삶 The Pleasant life	몰입하는 삶 The Engaged life	의미 있는 삶 The Meaning life
긍정적 정서를 추구하고, 과거에 만족하고 자부심을 가지며 미래를 희망하고 낙천적 믿음을 유지하며 현재에 행복감을 느끼는 것이다.	강점과 덕목의 활용으로 긍정적 정서를 확보하여 지속하거나, 내가 가진 핵심 강점을 활용했을 때 몰입할 수 있다.	자기보다 큰 무엇에 공헌하거나, 자기를 초월해, 자신보다 더 큰 어떤 것에 속해 있거나 그것에 헌신할 때 얻게 된다.

그렇다면 감사는 이러한 행복의 조건을 어떻게 만족시켜 줄 수 있을까요? 을지대학교 정신과 최삼욱 교수는 감사가 이러한 행복을 증진시키는 이유를 이렇게 말했습니다.

즐거운 삶 The Pleasant life	몰입하는 삶 The Engaged life	의미 있는 삶 The Meaning life
• 감사는 부정적인 감정과 공존하기 어렵기 때문이다. • 감사는 쾌락에 적응하는 것을 저지하는데 도움을 주고, 내성에 대한 저항력과 만족을 주기 때문이다.	• 감사하는 삶은 앞으로도 자신의 강점을 최대한 사용하게 하기 때문이다.	• 감사의 표현은 도덕적인 행동을 촉진하기 때문이다. • 감사는 공감 능력을 키우고, 사회적인 유대를 쌓고 기존의 관계 강화 및 새로운 관계 형성에 도움을 주기 때문이다.

나는 당신을 만나 감사합니다

이제 감사하면 왜 긍정 정서가 늘어나는지에 대한 실험 결과를 언급하면서, 감사가 왜 과학적인지를 말해보겠습니다.

다소 길지만 연세대학교 김주환 교수가 쓴 『회복 탄력성』을 인용해보겠습니다.

심장박동과 감정 사이의 밀접한 관련성에 주목한 학자들은 심장박동수를 가장 이상적으로 유지시켜주는 긍정적 정서가 무엇인지 찾아보기 시작했다. 피험자들에게 즐거운 일을 상상하도록 했고, 마음을 차분히 가라앉히고 명상을 시키기도 했고, 아무 생각 없이 편안하게 쉬는 상태를 유지하기도 했다. 이러한 모든 방법을 테스트해본 결과, 결국 심장박동수를 가장 이상적으로 유지시켜주는 것은 바로 '감사하는 마음'이라는 것이 밝혀졌다.

보통 성인의 삼장박동수는 1분에 70번을 기준으로 미세하게 끊임없이 변화한다. 분노나 좌절감 등 부정적 감정을 느낄 때에는 매우 불규칙하게 변화하지만, 삶에 있어서 감사한 일들에 생각을 집중하고 감사한 마음을 느끼기 시작하면, 심장박동수는 매우 규칙적으로 변하게 된다.

심장박동수의 변화 주기는 10초에 한 번, 즉 0.1Hz인 것이 가장 이상적인 것으로 알려져 있는데, 이때에는 호흡, 심장박동의 변화, 혈압 변화의 리듬이 모두 다 비슷한 주기를 유지하는 일치coherence의 상태에 이르게 된다. 이러한 일치를 가져오는 것이 바로 감사의 마음이다. 이처럼 감사하는 마음은 몸과 마음을 편안하게 해주고 가장 건강하고도 이상적인 상태로 유지시켜준다.

감사하는 마음은 편안한 휴식이나 심지어 수면 상태에 있을 때보다도 심장박동수의 변화주기를 더욱더 일정하게 유지해주는 것으로 밝혀졌다. 즉 0.1Hz 변화주기는 모든 긴장을 이완하는 명상의 상태보다도 감사하는 마음의 상태에서 훨씬 더 집중적으로 나타났다. 또한 감사하는 마음 상태에서 뇌파를 측정해보니 명상과 집중의 상태에서 흔히 발견되는 알파파도 발견되었다.

이처럼 감사하는 마음은 몸의 상태를 변화시키고 아울러 마음의 상태를 변화시킨다는 것이 과학으로 증명되었습니다. 이는 과학 실험을 중요시 여기는 현대인에게 좋은 근거가 될 것입니다.

그럼 이번에는 마틴 셀리그만의 『긍정심리학』에 나오는 유명한 실험 결과 두 가지를 소개해보겠습니다.

종신서원을 하는 수녀들에게 자신을 소개해달라는 짤막한 글을 부탁했을 때 '참으로 행복하다'거나 '크나큰 기쁨' 등의 감격적 표현을 사용한 수녀가 긍정적 정서가 전혀 들어 있지 않는 내용의 글을 쓴 수녀보다 훨씬 오래 살았다. 즉, 수녀의 수명에 대한 사전 지식이 전혀 없는 연구자들이 긍정적 감정의 합계를 기준으로 조사한 결과, 가장 활기 넘치는 수도원에서 지낸 수녀들은 90%가 85세까지 산 반면, 가장 무미건조한 수도원에서 지낸 수녀들 중 85세까지 산 사람은 34%에 불과했다. 밀스 대학의 1960년도 졸업생 141명의 졸업 사진에서 뒤셴 미소마음에서 우러나온 진짜 미소를 지은 사람은 절반 정도. 이 여학생들이 27세, 47세, 52세가 될 때마다 모두 만나 결혼과 생활 만족도를 조사했다. 그 결과 놀랍게도 졸업 사진에서 뒤셴 미소를 짓고 있는 여학생들은 대부분 결혼해서 30년 동안 행복하게 살고 있었다. 긍정적 태도가 곧 행복한 삶과 직결된다는 것을 증명하는 결과인 것이다.

이제 사람을 떠나 감사의 말과 마음이 물질을 어떻게 변화시키는지 궁금하면 직접 실험을 해볼 수 있습니다. 작은 병에 양파나 고구마 혹은 밥을 넣어놓고 한쪽은 '감사해요' 혹은 '사랑해요' 그리고 다른 쪽은 '미워요' 혹은 '증오'라는 글자를 써놓고 매일 그 말을 그 앞에서 반복해보시기 바랍니다. 그러면 그 결과는 확연히 달라질 것입니다. 감사와 사랑의 말을 듣고 자란 양파는 여전히 싱싱한 상태를 유지할 것이고, 미움과 증오의 말을 듣고 자란 양파는 썩었을 것입니다.

여기에도 과학의 원리가 숨어 있습니다. 양자물리학에서는 말하는 상보성의 원리principle of complementarity입니다. 상보성의 원리는 다소 어려운 이론이기는 하지만 양자역학적 물체가 어떤 실험을 하느냐에 따라 파동 또는 고전적 입자의 성질을 보인다는 원리입니다. 그러니까 우리가 감사의 말을 그 대상에게 전했을 때 그 대상도 좋은 마음으로 받아들이고 좋은 상태를 유지할 수 있다는 것입니다.

감사나눔2

감사는 선택입니다

> "감사만이 꽃길입니다.
> 누구도 다치지 않고 걸어가는 향기 나는 길입니다."
>
> 이해인

행복나눔125의 출발은 감사하는 삶이고 감사를 나누는 삶입니다. 그런데 많은 사람들이 생각합니다. 나도 누군가에게 늘 감사하면서 살고 있고, "감사합니다"라는 말도 자주 하는데, 군이 또 감사를 공부하고 그 감사를 적극 실천해야 할 필요가 있을까요?

우리가 공부를 하는 이유는 새로운 것을 배워 좀 더 행복한 삶을 살기 위한 것입니다. 감사에 대한 공부도 마찬가지입니다. 기존에 알고 있던 감사에 대한 생각이 새롭게 변하면 그 이후의 삶은 새롭게 변할 것입니다.

감사하는 삶의 궁극적인 목적은 행복한 삶에 있습니다. 그런데 이 행복도 새롭게 공부를 할 필요가 있습니다. 그러면 전보다 더욱 행복한 삶을 살 수 있기 때문입니다. 서로 함께 엮여 있고, 서로 맞물려 있고, 서로 영향을 주고받는 관계이 면서도 근본적으로 하나인 감사와 행복, 그것을 새롭게 보는 공부를 시작해보겠습니다.

『행복의 가설』의 저자 조너선 하이트 미국 버지니아대 심리학과 교수가 국내 언론에 기고한 칼럼의 한 대목을 들여다보겠습니다.

한국인은 미국인에 비해 개인의 내면적 행복에 대해 무관심한 대신, 경제적 성공을 매우 중시하는 특성을 지녔다. 기적적인 경제성장을 거치는 과정에서 어쩔 수 없이 그런 습관이 몸에 밴 한국인은 앞으로 많은 서방인들이 그랬던 것처럼 인간관계 와 행복에 대해 더욱 깊이 고민하게 될 것이다. 행복은 자기 혼자 찾거나 성취할 수 없다. 인간의 행복은 나와 가족, 나와 친구, 나와 직장 같은 관계, 즉 '사이between'에서 나온다.

그리고 그는 자신의 주장을 입증하기 위해 "우리는 자신을 완성하기 위해 다른 사람을 필요로 한다"는 고대 그리스의 희극 작가 아리스토파네스의 명언도 인용했습니다. 그리고 사회적 관계가 행복에 미치는 과학적 사례까지 언급했습니다. 좋은 인간관계를 맺은 사람일수록 수술 이후 회복 속도가 빨랐고, 우울증과 불안장애의 위험에서 자유롭다는 연구 결과가 바로 그것입니다.

조너선 교수가 전하는 말의 핵심은 간단합니다. 행복은 개인에게서 만들어지는 것이 아니라 관계에서 만들어진다는 것입니다. 이것을 이해하기 위해 김인자 한국심리상담연구소 소장의 글을 들여다보겠습니다.

행복한 사람들에게는 몇 가지 특징이 있다. 우선 봉사하고 감사하고 용서할 줄 아는 능력이 있다. 재미있게 사는 방법을 터득하고 여가를 선용할 줄도 안다. 몸과 마음과 영혼의 건강을 유지하는 비법을 개발할 줄도 안다. 여기서 짚고 넘어갈 것이 있다. 우리는 '자기가 꼭 해야 할 일을 위해 사용하고 남은 시간과 에너지를 자기 자신과 이웃을 위해서 쓰는 것'이 여가 선용의 진짜 의미라는 사실을 깨달아야 한다.

김 소장이 말하고 있는 것은 '행복의 조건'입니다. 기존에 생각하는 행복과 사뭇 다르다는 것을 느꼈을 것입니다. 그런데 김 소장이 마지막으로 덧붙인 행복의 조건이 하나 더 있었습니다. 소통이 그것인데, 김 소장은 "행복한 사람은 의사소통 방식이 달라야 하는데, 제일 먼저 해야 할 것은 경청"이라면서 "왜 듣기만 하는 귀가 2개나 되는지, 먹고 말하는 입은 1개에 불과한지 알아야 한다"고 강조했습니다.

이한수 선인장학재단 이사는 "행복지수는 '만족÷욕망×100'이고, 행복의 비결은 어떤 것에나 쉽게 만족할 줄 알거나 욕심을 적게 내는 것이다"라고 말했습니다. 이때 행복지수는 '범사 감사'로, 행복의 비결은 '소욕지족小欲知足'으로 해결할 수 있습니다.

'범사에 감사하라'는 기독교에서 가르치고 있습니다. 범사에 감사하는 사람은 불만이나 불안을 느낄 틈이 없습니다. 그래서 이 말은 '이웃을 사랑하라'는 말씀과 함께 인류가 행복하게 살아가는 최고의 지침이 된 것입니다.

'소욕지족'의 삶은 불교에서 가르치고 있습니다. 욕심을 적게 하여 만족을 아는 삶이 되어야 한다는 것입니다. 욕심은 크면 클수록 만족에 이르기 더욱 힘들고, 적으면 적을수록 만족에 이르기 쉽기 때문입니다.

작가 조디 피코는 『19분』이란 소설에서 행복의 공식을 '현실÷기대'로 나타냈습니다. 그의 공식에 따르면 행복해지는 방법에는 두 가지가 있는데, 우선 분자인 현실을 개선하는

나는 당신을 만나 감사합니다

방법이 있습니다. 사람들은 대체로 이 방법을 사용하여 좀 더 행복해지려 합니다.

그러나 요즘 같은 무한경쟁 시대에 이는 결코 만만한 방법이 아닙니다. 현실적으로 이보다 훨씬 쉬운 방법이 있습니다. 바로 분모를 작게 만드는 것입니다. 분수의 값을 크게 하려면 분자를 키우는 것보다 분모를 줄이는 게 훨씬 효과적이기 때문입니다.

예를 들어 99/4에서 분자를 하나 키워본들 100/4 즉 25밖에 안 되지만, 분모를 하나 줄이면 99/3, 즉 33이 됩니다. 법정 스님께서 설파하신 무소유를 실천하면 분모가 아예 0영이 되어 행복은 분자에 상관없이 무한대가 됩니다.

우리는 부탄을 아주 가난한 나라로 알고 있지만, 실제는 그렇지 않습니다. 1972년 7월, 지그메 싱기에 왕추크는 부탄의 제4대 왕으로 취임했고, 현재도 부탄의 왕으로 부탄을 다스리고 있습니다. 20세가 된 무렵 그는 나라의 주요 정책 기준으로 GDP국내총생산가 아닌 GNH국민총행복지수를 추구할 것을 선포합니다. 국민소득보다 국민의 행복 추구를 우선한다는 것입니다. 현재 부탄의 1인당 국민소득은 3천 달러입니다. 하지만 국민의 97퍼센트는 스스로 행복하다고 느끼고 있습니다. 참으로 놀라운 일입니다.

그렇다면 행복은 어디서부터 시작되는 것이 가장 바람직 할까요?

1846년 11월의 어느 날 서부 개척민 80명이 캘리포니아 산맥을 넘고 있었습니다. 도중에 거센 눈보라를 만난 그들은 도너 계곡에 갇히고 말았습니다. 일행은 젊은 독신 남자 15명을 빼곤 여덟 살 여자아이부터 예순다섯 살 할아버지까지 가족들이었습니다. 이듬해 봄 구조대가 도착했을 때 이들 중에서 살아남은 독신 청년은 3명뿐이었습니다. 하지만 가족들은 노약자가 많은데도 60퍼센트가 생존했습니다. 서로 보살피고 의지한 덕분이었습니다.

1973년 영국 서머랜드호텔에서 발생한 화재로 51명이 죽었습니다. 심리학자 조너선 사임이 화재 현장을 찍은 BBC 화면을 살펴봤더니 가장 무사한 그룹은 가족끼리 온 사람들이었습니다. 불이 나자 가족의 67퍼센트가 함께 움직였지만 친구들은 75퍼센트가 뿔뿔이 흩어졌습니다. 떨어져 있던 가족도 아수라장에서 서로를 찾아 빠져나왔습니다. 친구가 친구를 찾아 헤맨 경우는 없었습니다.

어느 신문에서 봤던 이야기들입니다. 이처럼 가족은 존재하는 것만으로도 서로에게 힘이 됩니다. 가족은 버림받지 않으리라는 믿음 때문에 어떤 위기 상황에서도 침착할 수

나는 당신을 만나 감사합니다

있습니다. 도너 계곡 사건을 분석했던 인류학자 도널드 그레이슨은 "가족은 생존의 보증수표"라는 명언을 남겼다고 합니다. 나의 과거이자 현재이자 미래인 가족에게 감사하며 살아야겠습니다. 그러니까 행복의 시작은 가까운 가족이고, 그 가족에게 먼저 감사하는 습관을 가져야 할 것입니다.

모두가 아는 이야기 한 편을 더 들여다보겠습니다.

쉰두 살의 남자가 노만 빈센트 필 박사를 찾아왔습니다. 그 남자는 극도의 절망에 사로잡혀 말했습니다.

"전 이제 끝장났어요. 사업에 실패해 모든 것을 잃고 말았습니다."

"모든 것을요? 그럼 우리 한 번 종이에 당신의 남아 있는 것을 적어봅시다."

그러더니 필 박사가 남자에게 질문을 하나씩 던지기 시작했습니다.

"부인은 계십니까?"

"예, 있습니다. 아주 좋은 아내입니다."

필 박사는 종이에 '좋은 아내'라고 적었습니다.

"자녀들은 있습니까?"

"예, 귀여운 세 아이가 있습니다."

"친구는요?"

"있습니다."

"건강은요?"

"좋은 편입니다."

필 박사와 대화를 나누던 남자가 잠시 침묵을 지키더니 입을 열었습니다.

"어쩌면 내 사정이 그리 나쁘지 않을지도 모른다는 생각이 듭니다. 나는 참으로 많은 것을 가지고 있으니까요."

심리학자들의 말에 따르면 인간에게 일어나는 사건은 단 10퍼센트만이 사실이고 나머지 90퍼센트는 사건에 대한 반응이라고 합니다. 모든 일에 긍정적으로 반응하면 긍정적인 사람이 되고, 부정적으로 반응하면 부정적인 사람이 된다는 말입니다. 자크 아탈리는 자신의 저서 『미테랑 평전』에서 이렇게 말했다고 합니다. "내게 길일吉日을 기다리라고 요구하지 마십시오. 길일은 바로 지금, 오늘입니다."

그렇습니다. 중요한 것은 '사실'이 아니라 '반응'입니다. 우리가 맞닥뜨린 지금 이 순간에 어떤 반응을 해야 할까요? 하지만 잊어선 안 됩니다. 그 선택의 자유와 책임은 오로지 우리 자신에게 있다는 사실을 말입니니다.

나는 당신을 만나 감사합니다

감사하고 만족하고 행복해하는 삶은 오로지 자신이 선택해야 합니다. 그러고는 마음을 다해 실천해야 진정한 행복이 찾아올 것입니다.

감사는 실천입니다

"감사는 아무리 해도 부족하다. 우리의 이웃들은
감사의 미소 위에 그들의 인생을 건축하기 때문이다."

J. 크로닌

감사하는 삶은 습관만 들이면 그렇게 어렵지 않습니다. 아
니 마음만 바로 먹어도 감사하는 삶은 금방 시작될 수 있습
니다. 늘 벌어지는 일에 감사하는 것만큼 중요한 것은 없습
니다. 이용태의 『한 달에 한 가지 새 습관을 기르자』에 나오
는 이야기를 들려드릴까 합니다. 감사의 태도로 사는 게 얼
마나 행복한 삶인지를 알 수 있습니다.

소크라테스는 총각 시절에 여러 명의 친구와 비좁은 방에 같
이 기거하고 있었습니다. 그런데 항상 즐거운 표정을 짓자 어
떤 사람이 의아한 표정으로 물었습니다.

나는 당신을 만나 감사합니다

"그 좁은 방에 여럿이 살면 불편해서 짜증이 날 텐데 뭐가 즐거워 그렇게 웃고 다닙니까?"

소크라테스가 대답했습니다.

"친구와 함께 사니 즐겁습니다. 서로 경험을 나누고 지식도 나누고 돕기도 하니 얼마나 감사한 일입니까?"

계절이 몇 번 바뀌었습니다. 그 사이에 같이 있던 친구들이 결혼을 해서 하나둘 떠나고 소크라테스만 혼자 남았습니다. 그때 그 사람이 다시 물었습니다.

"여럿이 살아서 좋다고 했죠? 지금은 혼자가 됐으니 사정이 나빠진 셈이군요. 그런데도 여전히 웃고 있으니 그 까닭은 무엇입니까?"

소크라테스가 대답했습니다.

"지금은 여기 있는 많은 책들을 내 마음대로 언제든지 볼 수 있습니다. 여러분의 선생님들을 내가 독차지한 셈이지요. 참으로 감사한 일입니다. 그러니 내가 어떻게 기뻐하지 않을 수가 있겠어요?"

몇 년이 흘렀습니다. 소크라테스가 결혼을 했습니다. 그는 건물의 제일 아래층에 살고 있었는데 항상 즐거운 표정이었습니다. 친구가 물었습니다.

"아래층에 살면 위층에서 물도 쏟고 쓰레기도 던지고 쥐도 많고 냄새도 나는데, 자네는 뭐가 좋아서 웃고 다니나?"

소크라테스가 답했습니다.

"아래층에 사니까 좋은 점이 참 많다네. 채소도 내 손으로 심을 수 있고 꽃도 가꿀 수 있지. 그뿐만이 아닐세. 친구가 와도 찾기 쉽고 계단을 오르내리는 수고를 하지 않아도 되지. 이 얼마나 감사한 일인가?"

얼마 후에 위층에 사는 사람의 아버지가 다리를 다쳤습니다. 계단을 오르내리기 힘들어지자 소크라테스와 집을 바꾸게 되었습니다. 친구가 다시 물었습니다.

"전에 자네는 아래층이 좋다고 했네. 그런데 지금 위층으로 옮겼으면 불만이 많을 텐데 여전히 웃고 있는 까닭이 뭔가?"

소크라테스는 대답했습니다.

"위층에 사니까 좋은 점이 참 많더군. 우선 조용해서 좋고 멀리 멋진 경치도 잘 보인다네. 더욱이 계단을 오르내리니 운동이 되어 건강에도 좋고……. 이렇게 좋은 점이 많아서 참으로 감사할 따름이지."

그 친구가 나중에 소크라테스의 제자인 플라톤에게 물었습니다.

"자네의 선생은 어떤 환경에서도 감사하며 살고 있으니, 그 비결이 무엇인가?"

플라톤이 대답했습니다.

"사람의 기분은 그 환경에 있는 것이 아니라 마음 안에 있기 때문이지요."

긍정의 미덕으로 청소년 범죄율을 대폭적으로 줄인 교육운동가 린다 포포프. 그녀가 개발한 교육 도구인 52장의 버츄 카드 중에서 뽑아낸 '감사'의 전문입니다. 왜 감사를 해야 하는지를 잘 알려주고 있습니다.

감사는 우리가 가진 것을 고맙게 여기는 태도입니다. 우리가 배우고, 사랑하고, 존재하는 것에 대해 고마움을 느끼는 것입니다. 당신은 당신 주변과 마음속에서 매일 일어나는 작은 일에 대해서 감사할 수 있습니다. 긍정적으로 생각하세요. 감사하는 마음을 갖게 되면 만족하게 됩니다. 자신에게 주어진 삶이라는 이름의 선물을 음미해보세요. 다른 사람을 부러워하기보다는 자신의 능력을 고맙게 여기세요. 일상에서 마주치는 어려움을 새로운 배움의 기회로 삼아보세요. 누군가 당신에게 뭔가 주고 싶어 하면 감사한 마음으로 기꺼이 받으세요. 매일 당신이 누리고 있는 축복을 세어보세요.

탈무드에는 이런 구절이 있습니다. "세상에서 가장 강한 사람은 자기를 이기는 자이고, 가장 부유한 사람은 만족할 줄 아는 자이며, 가장 지혜로운 사람은 배우는 자이고, 가장 행복한 사람은 감사하며 사는 자이다." 어떻습니까? 가장 행복해지기 위해서는 감사부터 실천해야겠지요. 한자 감사感謝를 분해하면 '마음心을 다하여咸 말言의 화살을 쏘라射'는 의미가 됩니다. 감사는 곧 실천을 해야만 감사가 된다는 뜻입니다.

에덴동산에는 모든 것이 있었습니다. 아담은 각종 나무의 열매를 맘대로 먹을 수 있었고, 모든 생물의 이름을 지을 특권도 부여받았습니다. 선악을 알게 하는 나무의 열매를 먹지 말라는 것이 유일한 금기였습니다. 아담은 '가진 모든 것'에 감사하지 못하고 '가지지 못한 한 가지'에 불만을 품었고, 그래서 하나님의 심판을 받았습니다. 한문 성경은 이것을 부지족不知足이라고 표기하고 있습니다. 안남웅 목사는 '불순종'이 아니라 '감사의 망각'이 심판의 원인이라고 풀이합니다. '없는 것'에 화내지 말고 '있는 것'에 기뻐하며 그것을 소중히 여겨야 합니다. 부지족이 아니라 지족知足의 인생을 살아야 합니다.

안 목사는 만족은 자신에게 채워진 것을 느끼는 감정이라고 했습니다. 지족은 현재 내게 주어진 상태에 대해 감사하는 것입니다. 안 목사는 감사를 지정의知情意로 정의합니다. 지는 무엇이 감사한 것인지를 알고 깨달아야 한다는 것이고, 정은 감사를 감정으로 느껴야 한다는 것이고, 의는 감사를 의지적으로 말하고 행동하고 기록해야 한다는 것입니다.

감사훈련은 바로 이렇게 하는 것입니다. 주어진 상태를 바라보게 하고, 그 현재의 상황에 대해 감사를 하는 것입니다. 그렇게 감사를 하다보면 주어진 상태에 머무르지 않고, 몇 달 뒤 발전되어 있는 나 자신의 모습을 확인하게 됩니다. 이때 감사를 해서 급속도로 변하는 사람이 있지만, 그렇지 않고 점진적으로 변하는 사람도 있습니다.

하지만 10년 뒤의 모습을 상상하며 지금부터 단 한 줄이라도 감사쓰기를 하는 게 중요하다고 합니다. 길게 쓰거나 해석할 필요 없이 감사라는 말에 창조력이 있다는 믿음을 가지고 매일 조금이라도 쓰는 게 반드시 필요하다는 것입니다. 그래야 달라진 나 자신을 볼 수 있기 때문입니다.

일본 경제의 전설적 신화 마쓰시타 고노스케가 성공한 이유가 무엇인줄 아십니까? 마쓰시타는 지독한 가난, 허약한 몸, 짧은 가방끈을 자신이 성공할 수 있었던 세 가지 이유로 꼽은 적이 있습니다.

첫째, 집이 몹시 가난했습니다. 그래서 어릴 적부터 구두닦이, 신문팔이 같은 고생을 통해 세상을 살아가는데 필요한 경험을 많이 얻었습니다.

둘째, 태어났을 때부터 몸이 몹시 약했습니다. 그래서 항상 운동에 힘썼으므로 늙어서도 건강하게 지낼 수 있었습니다.

셋째, 초등학교도 못 다녔습니다. 그래서 세상 모든 사람들을 스승으로 삼아 질문하며 열심히 배우는 일을 게을리 하지 않았습니다.

『평생감사』의 저자인 전광 목사의 설명에 따르면 감사에도 단계가 있습니다.

1차원 감사는 만약if 감사입니다. "우리 남편 승진하면~", "우리 아이 성적 오르면~" 등의 조건이 붙어 있는 감사입니다. 기복적 감사입니다.

2차원 감사는 때문에because 감사입니다. "우리 남편 승진해서~", "우리 아이 성적 올라서~" 등의 이유가 붙어 있는 감사입니다. 결과적 감사입니다.

3차원 감사는 그럼에도 불구하고in spite of 감사입니다. "불행을 당해도~", "힘들고 어려워도~", "일이 잘 안 되어도~" 등의 조건과 이유가 없는 감사입니다. 무조건 감사입니다.

나는 당신을 만나 감사합니다

물론 대다수 사람은 1차원 감사와 2차원 감사의 수준에 머물러 있습니다. 하지만 "범사에 감사하라"는 성경 말씀처럼 신은 우리가 3차원의 감사를 실천하면서 살기를 바라고 있을 겁니다.

마쓰시타 고노스케의 성공은 '때문에'를 '덕분에'로 바꾸면서 성공한 대표적인 예가 될 것입니다.

마지막으로 감사 중에 진짜 힘든 감사는 원수를 사랑하고 감사하는 것입니다. 하지만 원수를 사랑하는 감사를 실천하면 그 원수도 언젠가 자신에게 감사를 표시하는 날이 옵니다.

미국에서 가장 위대한 대통령인 링컨의 실화가 그것을 말해줍니다. 링컨에게는 정적인 에드윈 스탠턴이라는 변호사가 있었습니다. 한 번은 두 사람이 함께 법정에서 사건을 맡게 되었습니다. 이때 링컨을 본 스탠턴은 자리에서 벌떡 일어나 "저 따위 시골뜨기와 어떻게 같이 일을 하라는 겁니까"라며 나가버렸습니다. 그런데 훗날 링컨은 대통령이 된 뒤 그를 국방부 장관에 임명했습니다. 대통령이 된 링컨을 보고 "링컨이 대통령이 된 것은 국가적 재난이다"라고 말을 한 사람을 말입니다.

그래도 링컨은 뜻을 굽히지 않았습니다. 그러자 사람들은 "스탠턴은 당신의 원수가 아닙니까? 원수를 없애버려야지요"라고 말했습니다. 이때 링컨은 "저도 그렇게 생각합니다. 원수는 마음속에서 없애버려야지요! 그러나 그것은 '원수를 사랑으로 녹여 친구로 만들라'는 말입니다. 예수님도 원수를 사랑하라고 하셨습니다"라고 말했습니다.

이처럼 링컨은 원수 같은 사람을 사랑했고, 그 바탕은 역시 감사의 마음이었습니다. 그 감사의 마음에 마음이 녹은 스탠턴은 링컨이 암살로 숨을 거두자 그의 시신을 부둥켜안고 "여기, 가장 위대한 사람이 누워 있습니다"라고 말했습니다. 원수까지 사랑할 수 있는 감사의 힘은 정말 위대해보입니다.

감사는 희망입니다

"하루를 원망하며 사는 것보다는
하루를 감사히 받아들이는 것이 나에 대한 최선의 예의이다."

베티 스타

토크쇼의 여왕 오프라 윈프리는 감사일기 쓰기를 실천해 고통과 절망에서 허덕이던 인생을 기쁨과 희망이 넘치는 인생으로 전환시켰습니다. 가난, 가출, 마약, 성폭행, 미혼모, 아이의 죽음 등 온갖 불행한 환경에 노출돼 있다가 인생의 소중함을 깨달은 그녀는 매일 잠자리에 들기 전에 그날 하루 동안 있었던 일들 중에서 고마운 것들 다섯 가지를 적으며 삶에 대한 희망을 갖게 되었습니다.

"진정한 성실성은 당신이 옳은 일을 하는지 안 하는지 아무도 모를 것이란 사실을 알고도 옳은 일을 하는 것이다."

오프라 윈프리가 했던 말입니다. 그녀에게는 감사일기 쓰기야말로 누가 알아주든 알아주지 않든 '진정한 성실성'을 발휘해 매일처럼 해야만 했던 '옳은 일'이었던 셈입니다.

다음은 그녀가 자신의 감사일기에 적은 것들입니다.

(1) 오늘도 거뜬하게 잠자리에서 일어날 수 있어서 감사합니다.

(2) 유난히 눈부시고 파란 하늘을 보게 해주셔서 감사합니다.

(3) 점심 때 맛있는 스파게티를 먹게 해주셔서 감사합니다.

(4) 얄미운 짓을 한 동료에게 화내지 않았던 저의 참을성에 감사합니다.

(5) 좋은 책을 읽었는데 그 책을 써준 작가에게 감사합니다.

세계에서 가장 인기가 높고 부유한 스타이지만 생각한 것보다 감사일기의 내용이 거창하지 않고, 도리어 일상 속의 아주 작은 것들에 감사하고 있다는 사실을 알 수 있습니다.

140만부가 팔려나가며 자기 계발서의 현대판 고전으로 불리고 있는 『무지개 원리』의 저자인 차동엽 신부는 자칭 '감사 광신도'를 자처하고 나섰습니다. 나는 차 신부의 강연을 통해 그가 감사에 푹 빠지게 된 계기가 『365 Thank You』라는 책을 번역하면서부터라는 것을 알게 되었습니다.

나는 당신을 만나 감사합니다

이 책은 사업, 결혼, 자녀, 재정 등 누구나 일상을 영위하는 과정에서 꼭 필요한 조건들과 관련해 막다른 상황에 몰리게 된 한 남자의 이야기입니다. 저자 존 크랠릭은 "네가 가지고 있는 것들에 감사하는 법을 배울 때까지 네가 원하는 것을 얻지 못할 것"이라는 조부의 말씀을 생각해내고 '감사편지 프로젝트'를 시작했고, 이것이 그의 인생을 완전히 바꿔 놓았다고 합니다.

다음은 차동엽 신부가 무지개 원리와 감사의 관계를 하나씩 설명한 것입니다.

● 긍정적 생각과 감사의 관계 = 내가 보기에 긍정적 생각은 감사의 원천이다. 긍정적으로 생각하는 사람은 감사할 줄 알고, 무지개 원리를 완성한 사람이다. 긍정은 불평과 불만을 감사로 바꾼다. 인생의 벼랑 끝에서 하루에 한 번씩 한 사람에게 감사편지를 썼던 『365 Thank You』의 저자 존 크랠릭이 그것을 온몸으로 보여주었다.

● 지혜의 씨앗과 감사의 관계 = 불평의 악순환불평과 인색, 팔자타령이나 늘어놓는 인생을 감사의 선순환감사와 나눔, '숙제'를 '축제'로 여기는 인생으로 바꾸는 것이 참 지혜다. 감사하는 사람은 지혜가 깊어지는데, 감사거리를 찾다보면 심미안審美眼이 열린

다. 대충 보던 것들 속에 숨어 있던 진선미를 통찰하는 눈이 열리는데, 이것이야말로 삶의 기적이라고 할 수 있다.

● 꿈과 감사의 관계 = 감사하는 사람은 과거를 긍정적으로 평가하기에 미래를 두려워하지 않는다. 일본에서 '경영의 신'으로 추앙받는 마쓰시다 고노스케는 가난, 병약病弱, 짧은 가방끈의 불리한 조건을 일본 최고의 거부, 장수長壽, 평생학습으로 전환시켰다. 그 마쓰시다가 신입사원을 면접할 때마다 반드시 던졌던 질문이 있다.

"당신의 인생은 지금까지 운이 좋았다고 생각합니까?"

마쓰시다는 "예, 운이 좋았습니다"라고 답한 사람은 채용했고, "운이 없었습니다"라고 답한 사람은 채용하지 않았다. 마쓰시다는 감사할 줄 아는 사람은 인복人福도 많을 것이고 그래서 높은 성과도 낼 것이라고 확신했던 것이다. 실제로 감사하는 사람은 어떤 사람보다 큰 꿈과 희망을 품게 된다.

● 성취와 감사의 관계 = 결론부터 말하면, 감사는 성취의 확률을 더 높여준다. '마치 이루어진 듯이' 미리 감사하면, 그 꿈은 진짜 이루어진다. 꿈이 이루어지면 감사하겠다는 것보다 이루어지지 않더라도 미리 당겨서 감사하겠다는 태도를 가져야 한다.

아리스토텔레스도 이렇게 말한 적이 있다.

"용기 있는 사람이 되고 싶나? 그렇다면 용기 있는 척이라도 하라!"

따라서 진정으로 대통령이 되고 싶은 사람은 미리 대통령이 됐다고 생각하고 거기에 맞춰서 성품도 닦고 공부도 해야 한다. 나중에 대통령이 되고 나면 준비하겠다는 마음을 먹고 있는 사람은 결코 대통령이 될 수 없다. 이것은 다른 경우에도 그대로 적용된다.

● 말과 감사의 관계 = 감사는 가슴에 담아두지 말고 표현해야 한다. '속엣 말 백 마디'보다 '감사의 한 마디'가 더 감동적이다. 감사에는 칭찬, 인정, 격려의 의미도 담겨 있다. '칭찬은 고래도 춤추게 한다'보다 '감사는 하늘도 감동시킨다'는 표현이 더 강력하다. 말은 훈련이다. 가정에서 교육할 때 아이에게 자동으로 '감사합니다'라는 말이 튀어나올 수 있도록 해야 한다.

● 습관과 감사의 관계 = 습관과 감사의 관계도 그 연장선 위에 있다. 습관이라는 그릇을 만들어놓으면 감사의 내용은 채워지기 마련이다. 감사가 습관화 단계에 들어가면 '감사문화'가 된다.

● 포기하지 않기와 감사의 관계 = 감사는 희망의 언어다. 절망도 희망이라고 우길 줄 알아야 한다. 감사는 인생 역경에

서 벗어날 수 있는 출구다. 절망의 상황에서도 감사하라. 내 입에서 '감사합니다'라는 말이 가장 빈번하게 나올 때는 가장 힘든 시기를 지나고 있다는 반증이다.

이 원리를 간단하게 정리해보겠습니다.

1. 긍정적 생각은 감사의 원천입니다.
2. 긍정은 불평과 불만을 감사로 바꿉니다.
3. "네가 지금 가지고 있는 것들에 감사할 줄 알기까지는 너는 네가 원하는 것들을 얻지 못하리라." 『365 Thank You』의 저자 존 크랠릭이 산 속에서 들은 음성
4. 감사하는 사람은 지혜가 깊어지고 심미안이 열립니다.
5. 감사하는 사람은 미래를 낙관합니다. 과거를 긍정적으로 평가하기에 미래를 두려워하지 않습니다.
6. '마치 이루어진 듯이' 미리 감사하면, 진짜 이루어집니다.
7. 감사가 성취의 확률을 더 높여줍니다.
8. '마음에 담아 두는 백 마디'보다 '감사의 한 마디'가 더 감동을 줍니다.
9. 습관이라는 그릇을 만들어놓으면 내용은 채워집니다.
10. 감사가 습관화되면 감사문화가 됩니다.

11. 감사는 희망의 언어입니다.

12. 감사는 역경으로부터 벗어날 수 있는 인생의 출구입니다.

13. 절망의 상황에서도 감사해야 합니다.

14. 보상에 침 흘리지 말고 그저 감사하면 호박이 넝쿨째 들어 옵니다.

차동엽 신부는 『무지개 원리』는 탈무드를 기본으로 삼되 인간학 연구 차원에서 내가 읽었던 1,000권이 넘는 자기 계발서에서 뽑아낸 인생의 법칙을 담고 있다. 그런데 생각해 보니 그 핵심에는 '감사'가 있었다. 나를 '감사 전도사'가 아니라 '감사 광신도'로 불러주었으면 좋겠다"고 말했습니다.

누구보다 감사의 삶을 사는 종교 지도자의 말인 만큼 감사의 힘을 믿고 우리 모두 감사하는 삶을 살아야 할 것입니다. 감사는 삶의 희망이기 때문입니다.

감사는 재해석입니다

"가장 축복받는 사람이 되려면 가장 감사하는 사람이 되라."

C. 쿨리지

이제는 감사가 개인의 삶과 우리 사회를 획기적으로 바꿀 수 있다는 것을 알았을 것입니다. 그렇다면 감사를 어떤 방법으로 실천해야 할까요?

감사나눔은 감사일기 쓰기, 감사전화 걸기, 감사편지 쓰기, 감사스티커 붙이기, 감사봉사 하기, 감사메일 보내기, 감사카드 보내기, 감사명상 하기, 감사방문 하기 등 여러 가지가 있습니다.

오영희 덕성여대 심리학과 교수는 한 일간지에서 이렇게 말했습니다.

긍정심리학의 창시자인 셀리그만 박사는 행복하게 살 수 있는 실천적 전략 중의 하나로 '감사방문'을 제안한다. 이 감사방문의 핵심은 사전에 감사편지를 쓰는 것. 감사방문의 절차는 방문할 상대방에게 연락하고, 감사편지를 쓰고, 상대방을 방문해서 큰 소리로 상대방에게 감사편지를 읽어주는 것이다. 그렇게 되면 거의 모든 상대방이 감동의 눈물을 흘린다고 한다. 무엇보다 본인이 더 행복해지게 된다. 이것이야말로 놀라운 일석이조의 효과가 아니겠는가?

하지만 이런 과정까지 가기에는 많은 사람들이 시간이 걸릴 듯합니다. 타인에게 편지를 쓴다는 것이 쉽지 않기 때문입니다. 그래서 우선은 우리가 가장 하기 쉬운 것부터 소개하고자 합니다. 그것은 감사일기 쓰기입니다.

일기는 하루에 일어난 일을 기록하여 남기는 것인데, 감사일기는 여기서 그치지 않고 일어난 일을 '감사함'으로 마무리 짓는 것입니다. 일반적인 일기와 별 차이가 없어 보인다고요? 그렇지 않습니다. 아주 큰 차이가 있습니다. 좋은 일이든 나쁜 일이든 감사함으로 마무리 지으려면 일어난 일에서 어떻게 해서든 긍정적인 면을 찾아야 합니다. 그 과정에서 바로 '재해석'이 일어납니다.

예를 들어 보겠습니다. 운전하다가 전봇대를 들이받았습니다. 평소보다 운이 나쁜 날이라고 생각하십니까? 감사일기를 쓰려면 여기서 감사를 찾아야 합니다.

"전봇대를 받았지만 다른 차와 사고 난 것이 아니어서 감사합니다. 내가 크게 다치지 않고 가벼운 접촉 사고여서 감사합니다. 전봇대를 부러뜨리지 않아서 감사합니다. 차에 혼자 타고 있어서 누군가를 다치게 하지 않았음에 감사합니다. 운전에 자신하지 말고 항상 조심해야겠다고 경각심을 갖게 되어서 감사합니다."

이렇게 감사한 점을 찾다보면 '이 정도여서 정말 다행이었구나!'라는 것을 깨닫게 되어 새로운 감사함이 샘처럼 솟아오른답니다. 일어난 사건은 그대로인데 내 마음은 감사함으로 꽉 차서 새로운 세상이 되는 것입니다.

물론 감사하지 않은 것에 거짓으로 감사하거나, 교통사고가 나서 감사하다고 스스로를 속여서는 안 됩니다. 감사일기는 솔직하게 쓰고, 내가 정말 감사할 수 있는 것을 찾아야 합니다. 그러려면 관찰력도 필요하고 생각의 전환도 필요하기 때문에 생각의 틀이 넓어지고 그 과정에서 나쁜 감정도 가라앉게 됩니다. 게다가 감사함으로 마무리하니 뇌가 긍정 훈련을 받게 되는 셈이지요.

나는 당신을 만나 감사합니다

일기는 '매일' 쓰는 것이므로 긍정 훈련이 자연스레 반복이 됩니다. 사건이나 환경에서 감사함을 찾다보니 긍정 사고가 연습되고 이것이 일기로 반복 훈련될 때 긍정 사고는 습관이 되어 나의 언행에 변화가 찾아옵니다. 내가 먼저 달라지니 나를 대하는 사람들이 달라집니다. 나와 관계된 사람들의 태도가 달라지니 나에게는 좋은 일이 자꾸 일어나고 많은 일들이 술술 풀리는 경험을 합니다.

그리고 무엇보다 가장 큰 선물은 바로 '치유'입니다. 감사일기를 꾸준히 쓸 때의 가장 큰 수혜자는 자기 자신입니다. 일기를 통해 자신과 대화하게 되고 감사를 통해 내면 치유가 일어납니다. 자존감이 높아지고 자기애를 되찾습니다. 자기 이해와 회복 탄력성이 높아집니다. 이러함이 바탕이 되니 자신의 생각과 말과 행동이 점차 변화되는 것입니다.

변화가 동반되려면 습관이 되어야 합니다. 그래서 감사일기를 쓰는 것입니다. 한 번 쓰고 가끔 떠올려서는 감사가 몸에 붙질 않아 나는 결국 그대로입니다. 지금보다 나아지고 싶다면 감사일기를 통해 감사의 재해석이 가져다주는 놀라운 기적을 체험해보기 바랍니다. 그것은 결심에서 시작합니다.

아이슈타인은 이런 말을 했습니다. "어떤 문제를 낳게 한 것과 동일한 사고방식으로는 그 문제를 해결할 수 없다." 생각을 긍정적으로 바꾸고, 행동을 긍정적으로 바꾸는 것, 그 것을 이루는 지름길은 다름 아닌 감사일기 쓰기입니다.

감사일기와 관련해 미국 캘리포니아주립대 심리학 교수인 로버트 에몬스 교수의 실험은 대단히 시사적입니다. 그는 12세~80세 사람을 두 그룹으로 나눈 다음 그들을 대상으로 한 달 동안 실험을 했습니다. 한 그룹은 매일 다섯 가지씩 고마웠던 일을 글로 쓰게 했고, 다른 한 그룹은 그대로 방치했습니다. 그런데 감사일기를 쓴 사람들의 행복지수가 훨씬 높게 나타났습니다.

실제로 긍정심리학자들은 심신을 최적의 상태로 만들기 위해서는 '감사하는 마음'이 긴장을 푸는 명상이나 기분 좋은 일을 생각하는 것보다 효과가 더 높다고 말합니다. 나아가 감사를 습관으로 찰싹 몸에 붙이기 위해서는 장기간에 걸쳐 띄엄띄엄 하는 것보다는 단기간에 몰아서 집약적으로 하는 것이 좋다고 권합니다. 행복을 가져오는 의도적 노력은 규칙적 습관이 되도록 해야 할 필요가 있음을 알 수 있습니다.

감사일기가 습관화되면 감사편지를 쓰는 단계로 옮겨도 좋습니다. 아니 감사편지가 자신에게 맞으면 바로 감사편지를 써도 되고, 이 둘을 동시에 진행하면 더 좋을 것입니다. 아무튼 이번에는 감사편지 쓰기에 대해서 알아보겠습니다.

감사편지는 말 그대로 감사한 마음을 담아 서신 형태로 보내거나 공식적인 행사장에서 낭독할 수 있도록 쓴 문서를 말합니다. 즉, 감사할 대상에게 쓰는 편지와 같다고 볼 수 있습니다. 특별히 정해진 형식은 없지만, 감사할 대상에 대한 인사, 감사한 마음을 갖게 된 이유와 감사인사를 포함하면 될 것입니다.

매년 5월은 가정의 달입니다. 모두가 가족들에게 어떤 선물을 할지 고민이 될 것입니다. 오영희 덕성여대 심리학과 교수는 '감사편지'를 추천했습니다. 오 교수는 감사편지를 쓸 때 "적당히 대충 쓰는 또는 미사여구만 들어 있는 상투적인 편지가 아니라, 구체적으로 어떻게 상대방에게 감사의 마음을 갖게 되었는지에 대한 내용을 담은 편지라면 분명히 상대방을 감동시킬 것이다. 더군다나 편지는 오래 간직할 수 있으므로, 감동의 효과도 오래갈 것이다"라고 했습니다.

그리고 오 교수는 감사편지 쓰기는 편지를 받는 상대방뿐만 아니라 편지를 쓰는 본인에게도 좋은 효과가 있다고 했습니다. 그 예로 미국 켄트 스테이트대학의 토퍼 박사가 학생들을 대상으로 자신의 삶에 강한 영향을 준 사람에게 감사편지를 쓰는 프로그램을 진행한 결과를 소개했습니다.

6주 과정의 이 프로그램에서 학생들은 2주에 한 통씩 감사편지를 썼다. 편지를 쓰는 기준은 ①긍정적이면서도 적극적으로 감정을 드러내고 ②성찰과 반성을 담으며 ③사소한 문제를 언급하지 말고 ④높은 수준의 감사와 고마움을 표현하라는 것뿐이었다. 실험 결과 감사편지를 쓴 대부분의 학생들은 행복감과 만족감을 느낀 것으로 나타났다. 토퍼 박사는 "이번 실험을 통해 '솔직히 감정을 드러내는 감사편지 쓰기'가 건강을 증진시키며, 우울증을 감소시키고, 면역력 향상, 성적 향상 등의 효과를 거둔다는 사실이 밝혀졌다"고 말했다. 그는 "행복해지는 가장 간단한 방법이 바로 감사편지 쓰기"라면서 "삶의 질을 높이기 위해 감사라는 놀라운 자원을 적극 활용해야 한다"고 말했다.

그렇다면 감사편지가 왜 우리를 행복하게 해줄까요? 오 교수는 그 이유를 "감사편지는 우리들에게 즐거운 사건들을 떠올리게 해주고, 그것은 도파민과 같은 신경전달물질을 분비하게 하고, 시상하부를 자극해서 즐거운 감정을 느끼게 해주는 것"이기 때문이라고 했습니다.

나는 당신을 만나 감사합니다

마지막으로 감사나눔과 관련해 한 가지만 더 소개해보겠습니다. 감사를 누구보다 열심히 실천하고 있고, 감사를 실험하고 연구하고 있는 제갈정웅 대림대 전 총장이 감사와 명상을 융합해보았다고 합니다.

명상법 가운데서 얀트라 명상은 점, 원, 삼각형, 역삼각형, 연꽃잎들이 채색된 기하학적 도형인 얀트라에 의식을 집중하는데 감사명상Appreciation Meditation에서는 이 얀트라 대신 '감사한 이미지'에 의식을 집중하는 것이다. 감사명상은 간단하다. 모든 것은 얀트라 명상과 같다. 단지 얀트라 명상에서 바라보는 기하학적 도형인 얀트라 대신 감사이미지를 마음의 눈으로 바라보는 것이다.

처음에는 살아오면서 가장 감사했던 때의 이미지를 머리에 떠올리고 이 단계가 익숙해지면 소위 명상에서 이야기하는 제3의 눈으로 이마 앞에 스크린을 상상하며 그 공간 속에서 감사이미지를 보도록 하면 된다. 그것도 익숙해지면 매일매일 감사일기를 쓰고 그날 감사했던 일 가운데 가장 감사한 일의 이미지를 보는 것을 계속한다. 꼭 가부좌를 할 필요 없이 심신을 이완시키고 의자에 편안하고 느긋한 자세로 앉아서 감사이미지를 보도록 하면 된다. 호흡법은 처음은 먼저 깊이 내쉬고 두 번은 들이쉬고 한 번 내쉬는 복식호흡을 계속하며 의식은 얀 트라를 바라보는 대신 제3의 눈으로 감사이미지를 바라보는 것이다.

이러한 감사명상을 2개월 동안 한 결과 제갈 전 총장의 혈 압은 본래 정상이었는데 수축기 혈압이 20, 확장기 혈압이 15나 낮아졌다고 합니다. 맥박도 평균 5나 느려졌다고 합니 다. 그러니까 감사명상으로 혈압이 거의 저혈압 수준까지 떨어지고 맥박도 느려진 것입니다.

이렇게 되면 몸의 기초대사에 필요한 에너지는 눈에 띄 게 감소하게 되는 것이고, 우리 몸은 최소의 에너지로 최대 의 효과를 올리는 상태가 되는 것입니다. 다시 말해 이런 상태가 되면 우리 몸의 산소 소비량은 20퍼센트 감소하고, 시간 단위당 심장에서 흐르는 피의 양은 25퍼센트 감소하 게 됩니다. 따라서 20분 정도의 감사명상을 하면 하룻밤의 숙면과 가까운 효과를 볼 수 있다는 것입니다. 이는 감사가 파동이며 에너지라는 최근 연구 결과를 반영했다고 할 수 있습니다.

이 외에도 감사나눔은 모든 것을 담을 수 있을 정도로 넉 넉합니다. 하지만 어느 것도 당장 실천하지 않으면 무용지

물이 됩니다. 그래서 감사일기 쓰기도 감사편지 쓰기도 감사명상도 쉽지 않으면, 휴대전화를 꺼내 감사문자 보내기부터 하는 것도 좋은 방법일 것입니다. 짧은 문구에 진정성이 담긴 글을 담아 보내면 자신은 물론 상대방도 행복해질 것입니다. 감사나눔의 실천, 행복해지려면 더 머뭇거리지 말고 자기에게 맞는 것부터 하나씩 해보기 바랍니다. 그러면 지난 일들이 새롭게 해석되고 새로운 미래가 열립니다.

감사는 습관입니다

"불행할 때 감사하면 불행이 끝나고
형통할 때 감사하면 형통이 연장된다."

스펄전

　그동안 하지 않았던 감사를 실천한다는 것은 기존에 없었
던 습관을 새로 만든다는 뜻이기도 합니다. 그런데 새로운
습관을 갖는다는 것이 얼마나 어려운지 우리는 경험상 알고
있습니다. 흔히 하는 말로 '작심삼일作心三日'이 있습니다. 뭔
가 새로운 결심을 하면 3일은 대부분 하는데 그 3일이 고비
가 된다는 말입니다.

　그런데 이 3일을 잘 넘기고 나면 21일은 갈 수 있다고 합
니다. 또 21일을 잘 넘기면 100일이 갈 수 있다고 합니다. 마
지막으로 100일이 지나면 새로운 습관은 자연스레 몸에 익
숙해지고, 그 습관을 실천하는데 큰 어려움도 없고 그 습관

은 오랫동안 이어질 수 있다고 합니다.

2009년 영국 UCL에서 습관에 관한 연구를 했습니다. 새로운 행동에 대한 거부가 없어지는 데 걸리는 시간이 21일, 그 행동을 안 할 때 오히려 불편해지기까지 걸리는 시간은 66일이었답니다. 그러니까 66일 동안 매일 새로운 습관을 반복하면 그 후부터 그것이 무의식에 고착되어 익숙한 행동으로 나타난다는 것입니다.

그렇다면 100일의 의미는 어떤 것일까요? 사실 100일의 의미는 과학이 발달하기 오래전부터 있었습니다.

다음은 『삼국유사』에 전하는 단군 신화 이야기입니다.

환웅은 무리 삼천 명을 이끌고 태백산太白山 ─지금의 묘향산─ 꼭대기 신단수神壇樹 밑에 내려와 그곳을 신시神市라 불렀다. 이 분이 환웅천왕이다. 그는 풍백風伯·우사雨師·운사雲師를 거느리고, 곡식, 수명, 질병, 형벌과 선악善惡 등 무릇 인간의 삼백예순여 가지 일을 맡아서, 인간 세상을 다스리고 교화하였다.

그때, 곰 한 마리와 범 한 마리가 같은 굴에 살았는데, 항상 신웅神雄에게 사람이 되고 싶다고 빌었다. 한번은 신웅이 신령스러운 쑥 한 심지炷와 마늘 스무 개를 주면서 말했다.

"너희가 이것을 먹고 백일 동안 햇빛을 보지 않으면 사람이 될 것이다."

곰과 범이 이것을 받아서 먹었다. 곰은 기료한 지 삼칠일三七日 만에 여자의 몸이 되었으나, 범은 능히 기료하지 못하여 사람이 되지 못하였다.

이 이야기는 곰이 100일만 새로운 습관을 유지하면 사람으로 완전히 탈바꿈한다는 의미를 지니고 있습니다. 그러면 왜 100일이 지나야 사람이 된다고 했을까요? 이는 21일 정도 지나면 사람의 모양이 될 수 있지만, 사람의 마음까지 갖춘 완전한 사람이 되기 위해서는 100일이 지나야 한다는 것을 의미한다고 생각합니다. 아이가 태어난 집의 경우 21일이 지나면 금줄을 걷고 이웃에게 보여주지만, 아이가 태어난 기쁨을 함께하는 잔치는 100일이 지나야 합니다. 그러니까 이 역시 100일이 되어야 그 아이를 완전한 식구로 인정하겠다는 것입니다. 곰이 100일이 지나야 사람이 되었다는 것도 이런 선상에서 이해하면 될 것 같습니다.

이러한 100일의 의미는 종교에서도 많이 나타납니다. 특정 목적을 이루기 위해 가장 많이 하는 것이 100일 기도입니다. 이는 불교나 기독교 혹은 민간신앙 등 특별 종교에 구애

되지 않습니다. 이보다 더 높은 것으로 1,000일 기도가 있지만, 이는 일반 사람들이 하기 힘든 것입니다.

인간의 몸은 약 60조 개의 세포로 구성되어 있습니다. 그런데 우리 몸은 하루에도 약 1,000~1,500만 개의 세포가 매일 생기고 없어집니다. 암은 죽어야 할 세포가 죽지 않고 살아 있기 때문에 발생하는 것입니다.

이러한 우리 몸이 약 100일 정도의 시간이 경과하면 몸의 세포가 모두 새로운 세포로 바뀌게 됩니다. 그러니까 100일 동안 새로운 습관을 꾸준히 하면 그것이 자신의 몸에 익숙해질 수 있다는 것입니다. 우리가 다이어트를 했을 때 줄인 몸무게를 적어도 100일은 유지해야 뇌가 그 몸무게를 기억할 수 있고, 그래야만 요요현상을 막을 수 있다고 합니다.

『회복 탄력성』의 저자 김주환 교수는 이렇게 말합니다.

사람의 마음과 몸을 최상의 상태로 유지시켜주는 것은 긴장을 푸는 명상이나, 기분 좋은 일을 생각하는 것보다도 감사하는 마음이다. 감사하는 마음이야말로 긍정심리학이 지향하는 최선의 마음 상태. 긍정성 향상을 위한 마음의 훈련을 한다면, 감사하기 훈련이 최선이라는 뜻이다. (중간 생략)
감사하기 훈련도 여러 가지가 있지만 그중 가장 효과적인 것은 다음과 같다. 우선 매일 밤 잠자리에 들기 전에 그날 있었던 일들을 돌이켜보면서 감사할 만한 일을 다섯 가지 이상 수첩에 적어둔다. 인생에 대한 막연한 감사가 아니라, 하루 동안 있었던 일 중에서 구체적으로 적어야 한다. 머릿속으로 회상만 하는 것으로는 부족하다. 반드시 글로 기록한 후에 잠자리에 들도록 한다.

이렇게 하면 우리의 뇌는 그날 있었던 일을 꼼꼼히 회상해보면서 그중에서 감사할 만한 일을 고르게 된다. 다시 말해서 감사한 마음으로 그날 하루에 있었던 일을 돌이켜보다가 잠들게 되는 것이다. 잠들기 전에 하는 것이 효과적인 이유는 대부분 기억의 고착화 현상이 잠자는 동안에 일어나기 때문이다. 즉, 긍정적 마음으로 그날 하루 일을 회상하는 뇌의 작용을 일종의 습관으로 만드는 데 있어서 효과적이다.

감사일기 적기를 며칠 하다 보면 우리의 뇌는 아침에 일어날 때부터 감사한 일을 찾기 시작한다. 즉, 일상생활을 하는 동안 늘 감사한 일을 찾게 되는—나에게 벌어지는 일들을 감사하게 바라보는—습관이 자연스럽게 들기 시작한다.

감사일기를 3주간 매일 쓰면 스스로 긍정적으로 변해가는 것을 느낄 수 있을 것이다. 석 달을 계속해서 쓰면 주위 사람들도 당신이 긍정적으로 변한 것을 눈치챌 수 있을 것이다.

나는 당신을 만나 감사합니다

그렇다면 우리가 습관을 잘 바꾸지 못하는 근본 이유는 무엇일까요? 강상구가 쓴 『이기는 습관을 만들어 주는 100일의 법칙』을 보면 이런 구절이 있습니다.

우리의 몸은 '새로운 변화'와 '현상유지'라는 2가지 기능 중에서 체계의 일관성을 기하려는 현상유지 속성이 먼저 나타나게 된다. 또한, 우리의 몸은 최소의 시련과 방해만을 허용하기 때문에 '현재의 습관'을 깨뜨리고 '새로운 습관'을 정착시키기가 어렵다. 왜냐하면, 새로운 습관이 발붙이지 못하도록 현재의 습관이라는 훼방꾼이 방해하기 때문이다. 그 훼방꾼이란 다름 아닌 지금까지 축적되었던 사고방식, 믿음, 숙련도, 현재의 편안함 등이다. 이러한 훼방꾼을 설득하지 않는 한 새로운 결심은 습관으로 정착되지 못한다. 그래서 사람들은 가보지 않은 길은 머뭇거리고 익숙한 길은 편안해한다. 변화보다 안정을 선호하는 우리 몸의 항상성 때문이다.

그렇다고 주저할 필요는 없습니다. 100일만 꾸준히 습관을 반복하는 훈련을 하면 됩니다.

1981년 보스턴마라톤 대회에서 우승한 사람은 도시히토 세코였습니다.

"어떻게 훈련을 했습니까?"

기자들이 질문을 던지자 세코가 대답했습니다.

"나는 아침에 10km, 저녁에 12km를 매일 달렸습니다."

너무 단순한 대답이지 않습니까? 그런데 세코의 말은 여기서 끝나지 않았습니다. 그는 이런 말을 덧붙였습니다.

"1년 365일 단 하루도 빼놓지 않고 달렸습니다."

도시히토 세코가 진정 하고 싶은 말은 반복의 중요성일 것입니다. 반복은 이처럼 단순해 보이지만 사실 그렇게 쉬운 훈련 방법은 아닙니다.

캐나다 맥마스터대학 연구팀이 남자 15명을 대상으로 운동기구의 무게와 근육 확장의 상호관계를 실험한 적이 있습니다. 실험 결과 가벼운 운동기구를 '자주' 이용했을 때가 무거운 운동기구를 '가끔' 이용했을 때보다 더 효과적으로 근육을 단련해줬다고 합니다. 감사생활 습관화의 원리도 이와 같습니다. 나부터, 지금부터, 작은 것부터 실천하는 것이 중요합니다.

감사는 행복입니다

"그대가 매일 아침 눈을 떠 가장 먼저 해야 할 일은,
무사히 아침을 맞았음을 감사하는 일이다."

프랑스 격언

반세기 만에 대한민국은 지구상의 가장 가난한 나라에서 경제대국으로 도약했습니다. 그 과정에서 이 나라는 '원조를 받는 나라'에서 '원조를 주는 나라'로 탈바꿈했으며, 산업화와 민주화를 동시에 달성한 유일한 국가라는 자랑스러운 기록도 세울 수 있었습니다.

그러나 눈부신 네온사인 뒤편에는 그림자가 드리워져 있는 것도 사실입니다. 물질적 풍요는 성취했지만, 정신적 성숙은 여전히 부족하며, 대화와 소통의 부족으로 관용과 배려가 자리 잡지 못하고 있습니다. 서구의 성공학을 수입해 도움을 받은 것은 그나마 고마운 일이지만 결과적으로 자생

적 성공학을 키워내지는 못했습니다.

2002년 월드컵 당시 붉은악마로 재현된 신바람 혹은 신명, 비빔밥과 설렁탕으로 상징되는 속도경영 등 우리에겐 성공학과 관련된 많은 강점이 있습니다. 물론 '빨리빨리'를 '미리미리'로 승화시켜야 할 책임이 우리에게 있습니다만, 이제 한국적 성공학과 행복학의 토착화를 시도할 때가 충분히 됐다는 것이 나의 판단입니다.

작은 것에 감사하지 않는 자는 많은 것도 감사하지 않는다고 했습니다. 우리는 생활 속의 작은 감사실천을 통해 한국적 성공학과 행복학의 토착화를 실천에 옮길 수 있다고 믿습니다. 아울러 감사가 정상, 평지, 골짜기에 나뉘어 살고 있는 이 땅의 모든 사람에게 소중한 삶의 지침이 될 것이라 믿습니다. 진정한 감사를 통해서 정상에 있는 사람이 오만하지 않고, 골짜기에 있는 사람이 비굴하지 않을 수 있기를 바랍니다.

감사는 개인과 조직과 사회를 건강하게 만드는 최고의 치료제입니다. 감사의 미소 위에서 우리 이웃들은 각자의 인생을 새롭게 설계하고 건축해나갈 것입니다. 감사를 통해서 한국은 공생과 번영의 새로운 메시지를 갈망하는 세계인을 하나로 연결하는 감사유통의 허브가 될 것입니다.

이러한 감사나눔을 위해 2010년 1월 감사나눔신문이 창간되었습니다. 그리고 그해 3월 감사나눔에 선행, 독서를 더해서 행복한 가정, 행복한 일터, 행복한 사회를 만드는 모델로 행복나눔125를 창안했습니다. 그러므로 행복나눔125의 뿌리는 항상 감사나눔입니다. 역시나 감사는 모든 미덕의 어머니이기 때문입니다.

행복나눔125는 곧바로 현장에서 뿌리를 내리기 시작했습니다. 2010년 4월 포스코ICT에서 행복나눔125가 시작되었고, 그곳에서 행복나눔125는 대성공을 거두었습니다. 그러고는 그해 6월 포스코교육재단 산하 초등학교에도 도입되어 역시 큰 성공을 거두었습니다. 모두의 행복지수가 놀라울 정도로 상승했다는 것입니다. 2010년 11월, 감사나눔신문 유지미 기자는 1만 번의 법칙으로 매일 100감사쓰기를 100일 동안 도전해 이루어냈습니다. 유지미 기자는 그 뒤로 놀라운 변화를 보였고, 감사나눔신문의 대표격으로 열심히 감사나눔을 강의를 통해 실천하고 있습니다.

2011년 1월에는 지방자치단체 최초로 광양시 이성웅 시장이 행복나눔125 도입을 선포했습니다. 그리고 2011년 9월에는 수방사 전차부대에서 군대 최초로 행복나눔125를 시작했습니다. 2011년 11월에는 포스코그룹 정준양 회장께서 포스코 전 그룹에 행복나눔125를 실시했습니다. 2012년 3월에는 포항시 박승호 시장이 행복나눔125를 도입해 포항을 행복도시로 만들었습니다. 2012년 9월에는 경인지역에 두루빛감사공동체가 결성되었습니다.

2013년 1월에는 인성교육범국민실천연합과 행복한 교실 만들기를 협의했습니다. 같은 달 문용린 서울시 교육감도 감사나눔 도입을 협의하고 서울시의 변화를 약속했습니다. 2013년 3월에는 육군참모총장이 행복나눔125의 본격적인 추진을 선언하였습니다.

그동안 감사나눔운동은 기업체를 중심으로 해서 혁신활동의 일환으로 포스코, 포스코ICT, 삼성생명, 교보생명 등에서 시행하여 직원 간 소통이 원활해지고 서로 배려하는 분위기를 조성하는 데 기여했습니다. 이러한 조직의 변화로 업무효율 향상, 제품 불량률 감소 등 획기적인 성과를 거두었습니다. 그리고 무엇보다 직원들의 가정이 행복해지니 얼굴 표정이 밝아지고 긍정 마인드로 신바람 나며 일터가 행복해지기 시작했습니다.

기업이 이처럼 변화될 수 있었던 것은 감사경영이 있기 때문입니다. 감사경영은 감사를 경영의 지렛대로 사용해보자는 발상입니다. 감사로 개인의 삶과 일터를 바꾸는 것입니다. 하지만 아직 감사경영은 경영학 생태계에서 영주권도 얻지 못하고 있는 것이 사실입니다. 그렇다고 주저해서는 안 됩니다. 감사경영은 실제로는 아주 탁월한 효과를 가지고 있기 때문입니다.

첫째, 감사경영은 성과 창출에 효과가 있습니다. 감사경영을 하는 기업이 다른 기업들보다 세 배 이상의 성과를 내고 있습니다. 둘째, 성과를 창출하면서도 구성원들을 행복하게 합니다. 성과 지상주의는 성과 창출에는 기여하지만 구성원들의 정신건강을 해칩니다. 셋째, 감사를 건넨 밥은 상하지 않듯이 조직을 부패하지 않게 함으로써 윤리경영이 가능해집니다. 넷째, 조직 구성원 자체를 변화시킵니다. 다섯째, 별도의 많은 비용 지출을 필요로 하지 않습니다. 여섯째, 적용하기가 아주 쉽습니다.

100여 년 전 테일러에서부터 오늘날까지 경영학자들이나 컨설팅 회사들이 만들어낸 각종 경영이론들은 대부분 일의 성과에 초점이 맞춰져 있습니다. 그래서 높은 성과를 창출해냄으로써 조직 구성원들의 주머니는 넉넉하게 해줬지만, 정작 구성원들을 행복하게 하는 데는 부족했습니다. 그래서 기업이 정신과 의사들까지 채용하게 됐습니다. 이러한 문제도 폴 우드러프 교수가 이야기하는 아이아스Ajax 딜레마라고 할 수 있습니다. 감사경영이 아이아스 딜레마의 해법이 될 수 있다고 생각합니다.

감사thank는 생각think과 같은 어원에서 파생됐습니다. 감사는 먼저 생각을 하고 그 다음에 느끼고 결국 행동을 하는 일련의 과정으로 이루어집니다. 뇌과학자들은 요즈음 뇌사진을 찍어보니 행복을 느끼는 뇌세포 바로 옆에 감사를 느끼는 뇌세포가 있다고 합니다. 그래서 감사 뇌세포가 활성화되면 행복을 느끼게 되고, 그리고 감사하면 뇌에 피가 많이 가서 뇌가 좋아지고 엔도르핀 호르몬을 분비해 건강에 도움이 된다는 연구 결과를 발표하고 있습니다. 따라서 모든 문제를 해결하는 열쇠는 감사입니다.

『The Answer해답』의 공저자 존 아사라프의 연구에 따르면, 사람은 자라면서 17세까지 '넌 할 수 없어'와 같은 부정적인 말은 평균 15만 번 듣고, '넌 할 수 있어'와 같은 긍정적인 말은 약 5,000번 듣는다고 합니다. 부정과 긍정의 비율이 무려 30대1이나 되니 많은 사람들의 마음속에는 부정적인 믿음이 강하게 각인돼 있을 것입니다. 그래서 개인이나 조직에서 긍정심리 자본을 늘리기 위한 노력들이 앞을 다투고 있습니다.

감사에는 네 가지 단계가 있습니다. 첫 번째 단계는 받은 것에 대한 감사입니다. 두 번째 단계는 주는 감사입니다. 세 번째 단계는 미리 감사입니다. 네 번째 단계는 모두 감사입니다. 물론 여기서 우리가 주목해야 하는 것은 세 번째 단계와 네 번째 단계의 감사라고 할 수 있습니다.

세계 최고의 부자이며 오마하의 현인으로 존경받는 워런 버핏은 어떻게 돈을 벌었을까요? 그리고 많은 돈을 앞으로 어떻게 쓰려고 하기에 존경을 받을까요?

버핏은 6세 때부터 새벽에 신문 돌리는 일을 시작해 대학생 때까지 계속하며 돈을 어떻게 벌 수 있는지를 터득했습니다. 조그마한 눈 뭉치를 언덕에서 굴려 내리면 저절로 커지는 것을 알게 되었습니다. 그것이 바로 복리의 비밀입니다. 일정한 금액을 저축하면 시간이 도와 저절로 돈이 늘어나는 비밀을 알게 된 것입니다.

두 번째는 자신이 미국이라는 나라에 태어난 것, 다음은 자신이 1930년에 태어난 것, 끝으로 자신과 함께 살고 있는 사람들 때문이라고 여기고 감사하는 것입니다.

자본주의가 발달한 미국이라는 공간空間에 태어나서 지난 50여 년 동안 투자자로서 성공할 수 있었음에 감사하고, 태어난 시기가 대공황 이후 미국 경제가 계속 발전하는 기간이었던 시간時間에 감사하고, 함께 동시대를 살고 있는 인간

人間들의 도움에 감사했습니다. 자신을 성공으로 이끈 공간, 시간, 인간, 즉 3간間에 감사한 그는 부의 85퍼센트를 사회에 환원했습니다. 이것이 그가 존경받는 이유입니다.

버핏처럼 우리가 태어난 대한민국이라는 공간과 자신들이 일하고 있는 회사라는 공간에 감사하고, 현재 일하고 있는 지금이라는 시간에 감사하고, 함께 일하고 있는 동료와 상사에게 감사하시기 바랍니다. 감사의 씨앗이 마음속에 자리 잡으면 정기예금처럼 행복이 복리로 불어나게 되기 때문입니다.

우리 국민은 경천애민敬天愛民의 마음을 지닌 신바람 민족입니다. 다시 한 번 정리하자면 우리에게는 한류 1.0이 있었습니다. 홍익인간으로 신바람 나는 동방예의지국 단군 조선의 시대입니다. 한류 2.0은 600년 전 동양의 르네상스를 이룬 세종대왕의 시대입니다. 백성은 하늘이고 백성의 하늘인 먹는 것을 세종이 해결하면서 생생지락을 이루려 밤낮없이 노력한 결과 조선을 살기 좋은 나라로 만들어 이민자들이 대거 몰려왔습니다. 한류 3.0은 수많은 예술인과 체육인들이 한류 스타가 되어 세계로 뻗어나가는 것을 말합니다. 한국 문화가 세계 속에 사랑받는 문화가 되었다는 것입니다.

이제 우리는 신바람 나는 행복한 나라를 만들어야 합니다.

신바람 나는 행복한 나라를 만들기 위한 국민 정신문화 운동이 행복나눔125입니다. 신바람 나는 행복한 정신문화, 즉 홍익인간의 정신문화가 현재 다시 인류 행복을 위해 되살아나는 것이 바로 한류 4.0입니다. 모든 인간을 이롭게 한다는 홍익인간의 이념처럼 행복나눔125로 이루려는 세상은 국민 한 사람 한 사람이 신바람 나서 일하는 나라입니다.

3

행복나눔125가 만든 행복세상

싸가지에서 퍼스트레이디가 된
유지미 기자

"남에게 베푼 이익을 기억하지 마라. 남에게 받은 은혜를 잊지 마라."
바이런

  행복나눔125의 출발은 먼저 나 자신을 변화시키는 것이라고 말했습니다. 그래야 자연스레 가정도 변하고 일터도 변하고 사회도 변한다고 했습니다. 억지가 아니라 아주 자연스럽게 말입니다. 그 방법은 역시 감사를 실천하는 것이라고 했습니다. 감사를 접하고 난 뒤 며칠 동안 감사를 실천해야겠다고 계속 다짐을 해야 하고, 그것이 굳어지면 매일 다섯 가지 이상의 감사일기를 쓰고, 그것이 3주, 3개월 이상은 지속하여야 습관화된다고 했습니다.

  그렇게 해서 감사쓰기의 가짓수가 늘어나고, 감사일기 이외에 감사편지, 감사카드, 감사메일 등을 꾸준히 실천하면 분명 기존과 확 달라진 자신을 보게 될 것입니다. 부정적 정서가 긍정적 정서로 바뀌고, 불편했던 사람들과의 관계가 좋아지고, 감사의 힘으로 가족이 병상에서 일어나는 것을 보게 되고, 폭력적인 아이가 온순한 아이로 변하고, 잠재력이 개발되어 성적이 좋아지고, 긍정 심리가 늘 작동해 어떤 어려움도 즐겁게 헤쳐나가는 사람이 되어 있다는 것입니다.

행복나눔125가 시작된 지 어느덧 3년이 넘어가고 있습니다. 그동안 감사나눔의 실천으로 변화를 겪은 사람은 숱합니다. 그들에게는 공통점이 있습니다. 문제의 원인을 '나'에게서 찾았다는 것입니다. 다른 사람이나 상황 논리 혹은 거창하고 이상적인 것에서 찾지 않고 오로지 자신의 내면에서 원인을 찾았다는 것입니다. 그리고 뭐든지 생각에서 그치지 않고 쉽고 작은 것부터 실천에 옮겼다는 것입니다. 이런 모습이 어떻게 가능했을까요? 해답은 역시 감사나눔에 있습니다. 감사는 그런 힘을 분명 가지고 있습니다.

감사에 대한 믿음과 실천으로 변화를 겪은 사람을 여기서 일일이 다 소개하기는 어렵습니다. 그래서 고민 끝에 『100감사로 행복해진 지미 이야기』라는 책도 냈고, 감사를 전하느라 늘 분주히 다녀 이미 널리 알려졌지만, 그래도 감사나눔의 간판이라 다시 한 번 유지미 기자를 소개하고자 합니다.

유지미 기자는 감사나눔신문사에 들어오기 전까지는 감사에 대해 알지 못했습니다. 그러다가 감사 전도사 안남웅 목사의 설교를 듣고는 감사일기를 쓰기 시작했고, 그 뒤 많은 변화를 겪었습니다.

유지미 기자의 말을 직접 들어보겠습니다.

더글라스 태프트 전 코카콜라 회장은 어느 해 신년사에서 삶이란 '일, 가족, 건강, 친구, 자신'이라고 써진 다섯 개의 공을 공중에서 돌리는 일과 같다고 말했다. 그리고 그중 '일'은 고무공이라 떨어뜨려도 다시 튀어 오르지만 나머지 네 개의 공은 유리로 만들어져서 떨어뜨리면 흠집이 나고 산산이 부서져 다시는 예전처럼 돌이킬 수가 없다고 덧붙였다.

어릴 적부터 고집이 세고 자아가 강했던 나는 밖에서는 상냥하고 친절하게 사람들을 대해 좋은 딸인 척했지만, 집에서는 밖에서 못 부린 짜증과 가시 돋친 말들로 엄마에게 상처 주기 일쑤였다. 가족보다도 내가 우선이었던 나의 이기적이고 차가운 태도에 엄마는 나를 "싸가지 없는 딸년"이라고 말했다.

그럼에도 안하무인으로 내 멋대로를 고집하던 나는, 2010년 '가족'이라는 공을 떨어뜨렸고 유리공은 산산이 부서져 버렸

나는 당신을 만나 감사합니다

다. 그렇게 나는 가족의 품에서 떨어져나왔고 우리는 뿔뿔이 흩어졌다. 서로가 서로를 원망하고 미워하는 시간 속에 가족이란 것은 산산이 조각나고 갈기갈기 찢겼다.

그렇게 원하던 독립을 하고 지긋해하던 엄마의 관심에서 벗어나 자유를 누리면서도 나는 점점 야위어가는 엄마가 걱정이 되었고 엄마의 품이 그리웠다. 안타까운 마음에 매일 같이 엄마에게 감사격언을 메시지로 보내며 엄마의 태도가 달라지기를 바랐다.

어느 날 오후 커피숍에 앉아 기분 좋은 커피 향을 맡으며 엄마에게 문자를 보냈다.

"감사의 향기가 납니다." 그렇게 문자를 보내고 얼마 뒤 기다리던 엄마에게 답장이 왔다.

"감사의 향기는 무슨 구린내만 난다." 여전히 엄마의 반응은 냉랭했고 좌절한 나는 가족과의 화합을 포기했다.

그 순간 내게 다가온 것은 안남웅 목사님의 100개 감사였다. 내가 변하지 않으면 아무도 변하지 않는다는 이야기와 함께 감사는 쥐어짜야 변화가 된다고 했다. 나는 11월 5일부터 100개 감사에 도전을 했고 어제보다 하나 더 많은 감사를 목표로 11월 23일 100개 감사에 성공했다. 하루하루 100개의 감사를 쓰며 나를 반성하고 감사의 기억들을 떠올리니 엄마에게 감사한 마음이 넘쳐흘렀다. 그리고 나는 엄마에게 100개의 감사한 것들에 대해 적어 내려갔다. 엄마에게 받은 것이 더 많음에도 그것은 기억하지 못하고 받은 상처만 기억하고 내가 엄마에게 준 상처들은 잊고 내가 엄마에게 준 것만 기억했던 나의 어리석음을 깨달았다. 곧장 엄마에게 전화를 걸어 100개의 감사에 대해 이야기했다. 엄마는 "나한테 고마운 게 그렇게 많니?"라며 감격해하셨다.

감사했다. 그저 감사했다.

그리고 깨진 유리조각이 붙듯이 서서히 그러나 빠르게 서로가 서로를 그리워하기 시작했다.

원망과 미움의 말보다 격려와 사랑의 말을 주고받기 시작했다. 서로에게 "사랑한다. 고맙다." 말하며 서로를 얼싸안았다.

기적이라 말했던 깨진 유리공이 붙은 것이다.

'싸가지' 딸이었던 나는 감사를 통해 엄마를 공경하게 되었고 지금 엄마의 핸드폰 내 이름은 '퍼스트레이디'이다.

한 번 깨짐을 당한 유리공은 우리들만의 독특한 방식으로 다시 가공되었고 전보다 견고해진 모습으로 쉽게 깨지지 않는 내구성으로 서로를 더욱 사랑하게 되었다.

유시미 기자의 변화를 어머니는 어떻게 받아들였을까요?

나는 당신을 만나 감사합니다

어머니의 말을 직접 들어보겠습니다.

일찍이 혼자되어 어린것 둘 거두면서 바쁜 시간 쪼개어 온통 사랑으로 먹이고 입히고 하였건만 돈 솔찮이 들여 대학공부 갈켜 놓으니 에미는 나 몰라라 즈들끼리 어울려 놀기 바빠 몸 져 앓아누워 있어도 삐죽이 고개 디밀고 어떠냐고 이웃집 아줌마한테 인사하듯 방문 닫고 나가버리면 그만이던 내 딸! 내 속으로 배 아파 낳았지만 싸가지가 바가지요, 인정머리라곤 약에 쓰려 눈 씻고 찾아 봐도 없었던 아이. 발치에 송이버섯을 키우는 늙은 소나무처럼 사랑인지, 애증인지 평생을 따라 다니는 어미와 새끼의 끈질긴 인연은 문서 없는 노비처럼 달아날 곳도 쉴 곳도 주질 않더니 어느새 머리 컸다고 에미의 잔소리에 뾰족뾰족 가시가 돋는다.

내 손길이 닿지 않으면 바짓가랑이 사이에 오줌을 가득 담고 울어대고 치마 끝에 매달려 조롱조롱 죽자고 따라 다닐 땐 언제고, 한집에 살면서 아침 한술 뜨고 나가면 어둠이 처박혀야 집을 찾으니 얼굴 마주할 시간도 없고, 어쩌다 집에 있는 날이면 덩치는 산만한 것들이 잠 귀신에 붙잡혀 하루 종일 이부자리에서 코빼기도 안 비치기 일쑤였다.

갈비뼈가 으스러져라 껴안고 사랑타령 하던 서방이야 싫으면

도장 한 번 꾸~욱 찍고 돌아서면 남이 된다지만 속이 썩어 문드러져도 남남으로 돌아설 수 없는 게 부모 자식이니 바보처럼 관용 베풀며 살아야지 별수 있겠나 싶다가도 그악스레 부아가 치밀어 오르는 건 어쩔 수 없었다.

어쩌다 아이의 투정이 길어져 서로 인상 붉히고 나가고 나면 섭한 마음에 집구석에 틀어 박혀 눈물 질금거리다가도 반나절도 안 되어 그 마음 어디가고 끼니 걱정에 찬거리를 만드는 손이 바쁘기만 한데 아이들은 이런 날보고 뺑덕엄마라고 놀려대며 뭐가 그리 재미나는지 낄길 거리며 웃어댄다.

언제나 어둠은 나만 집안에 가둔 채 저 혼자 신나 창가로 넘실거리고 아이들을 기다리다 지친 나는 끼니를 거른 채 더운 김이 올라가는 커피를 외로워 한 모금, 쓸쓸해 한 모금 마시는데 찻잔 위로 떨어질 듯 눈물 한 방울 매달리며 미움이 젖어들었다.

흘러내리는 마음을 어쩌지 못해 거북이 등짝처럼 온통 나의 사랑을 닫고 숨기며 입술을 앙다물었던 적이 한두 번이 아니었다.

하루 종일 밖에 있으면서도 내가 전화하기 전에 연락 한 번 주지 않던 아이가 어느 날부터 달라지기 시작했다.

"엄마! 식사 하셨어요? 식사 꼭 챙겨 드세요."

나는 당신을 만나 감사합니다

"엄마! 사랑해요."

"엄마! 감사합니다."

시큰둥 무심한 척 몇 번은 넘어갔는데 아이에게서 진심이 묻어 있음을 느낄 때 가슴이 뭉클해졌다. 고지식한 내 사고에 맞춰 늘 부정적인 시선으로 아이를 대했던 내 마음이 부끄러웠다. 매번 잘못만을 지적하며 잘 하는 것은 당연시했던 나의 사고에 브레이크가 걸리며 지난날을 되짚어보았다.

무용 대회에 나갈 적마다 상을 받아와 날 기쁘게 해줬던 아이, 웅변 학원엔 보낸 적도 없는데 발표회에 나가서 매번 최우수상을 타오던 아이, 초등학교 6년, 중고등학교 6년을 실장 선거 때나 회장 선거 때 내 도움 없이 당당히 당선되어 날 웃게 해주던 아이, 고3 땐 올100을 맞아 모든 학부모들이 부러워했었지.

아이고 이쁜 내 새끼!

감사일기를 쓰면서 요동치던 아이의 반란이 멈추고 우리 집엔 르네상스와도 같은 대혁명이 일어나기 시작했다. 삭정이 분질러 아궁이에 불을 지펴 아랫목을 데우듯 얼어붙어 있던 마음들이 녹아내려 우린 서로에게 격려하며 작은 일에도 감사함을 느꼈고 온몸에 가시만 돋아나 있던 장미에 붉은 꽃이 피어나고 더 넓은 세상 보겠다고 담장 밖으로 기어올라 고개 내밀던

능소화 꽃보다 더 아름다운 향기를 뿜어내고 있었다.

긴 갈증의 절정에서 돋아난 가시처럼 싸가지 없기로 둘째가라면 서러웠던 아이는 이젠 야무지게 두 손 모아 쥐고 퍼스트레이디를 꿈꾼다. 밑둥을 잘라내도 흙에 심으면 다시 뿌리를 내리는 파처럼 푸른 잎을 키워 올리는 이쁜 내 새끼는 이젠, 같은 여자로서 긴 세월 혼자 살아온 제 어미의 늙어감이 안타까워 눈물 한 방울 거침없이 떨궈주는 여자로 성숙되어 있었다.

"감사합니다." 서늘한 바람과 부대껴도 이렇게 인사하고 싶을 만큼……, 정말 감사합니다.

어떻습니까? 유지미 기자가 변하자 어머니도 변했고, 그 변화는 바로 유지미 기자에게도 어머니에게도 행복을 가져다주지 않았습니까? 이처럼 나 자신이 변화하면 가족도 자연스레 변한다는 사실을 이 사례를 통해 알 수 있을 것입니다.

폭력이 사라져 행복한
박해식 씨 가족

"작은 것에 감사하지 않는 자는 많은 것도 감사하지 않는다."

에스토니아

박해식 씨는 포스코 포항제철소의 조경업무를 맡고 있는 동원개발에서 일하고 있습니다. 그는 여름이면 뙤약볕 아래 땀 흘리며 일하고, 겨울에는 살을 에는 칼바람을 맞으며 일하는 현장 직원입니다.

박해식 씨는 늦은 나이에 결혼했습니다. 그의 아내는 베트남 사람이었습니다. 그런데 그는 아내를 무시하고 가정을 돌보지 않았습니다. 그러던 어느 날 감사나눔을 접하고 그것을 통해 새로운 사람이 되었습니다. 그의 가정도 행복을 찾았습니다.

박해식 씨의 말을 직접 들어보겠습니다.

늦은 나이에 멀리 베트남에서 온 아내와 결혼을 했음에도 아내에게 잘하기는커녕 '여자는 6개월 안에 잡아야 한다'는 주변의 말을 듣고 결혼 초부터 매일 같이 술 먹고 집에 들어가 폭력과 폭언을 일삼았어요.

그러던 어느 날 가정에 위기가 찾아왔습니다. 처음에는 순둥이 같던 아내의 기가 점점 세지더니 이제는 나와 맞붙게 되면서 아내가 이혼을 통보한 것이죠. 그러나 결국, 아내는 6살 된 아들 때문에 다시 함께 살기로 했어요. 그때 생각했습니다. 가족들에게 평생 감사하며 살아야겠구나…….

저의 변화는 이렇게 시작되었습니다. 2012년 4월 효자아트홀에서 열린 손욱 회장님의 강의에 참석하라는 사장님의 말에 사실 처음에는 잠이나 자다 올 요량으로 갔습니다. 그런데 "내가 변해야 가정이 행복하다"는 손욱 회장님의 말씀이 내게 신의 계시와도 같이 다가왔던 거죠. 그 후 감사나눔신문사에서 하는 좌담회에 참석하게 되었어요. 그 자리에서 다른 사람들의 감사 사례를 듣고, 유지미 기자의 책을 읽으며 감사쓰기에 대한 자신감을 얻었죠. 저도 감사쓰기를 하면 행복해질 수 있을 거란 생각이 들었거든요. 그리고 아내에게 100감사, 아들에게 100감사를 썼어요. 그리고 지금은 부모님께 100감사를 도전 중입니다.

퇴근 후 매일 같이 술 먹으러 가던 발걸을 끊고 집으로 향합니다. 가정의 행복을 위해 술과 담배를 끊기로 결심했어요. 집에 오면 컴퓨터를 켜고 서툴지만 독수리 타법으로 감사한 것을 회사 직원게시판에 쓰며 직원들과 공유해요. 그리고 감사노트에 감사한 것을 적습니다. 회사에 근무한 지 7년이 되었는데 예전에는 회사에서 입도 거칠고 하니 못된 사람이라는 평판을 받았는데 감사생활을 하며 이제는 회사의 감사리더로 선정되었어요.

작은 것에 만족하며 감사하는 마음이 생겼어요. 예전에는 아내가 한국에서 어떻게 적응을 하는지 어떤 어려움이 있는지 관심이 없었는데 지금은 아내가 외국인이라 사람들에게 차별 대우를 받지는 않을까 안쓰럽고 걱정됩니다. 내 아내, 내 아이, 내 가정이 소중해지면서 예전에는 무서운 것 없이 살았는데 이제는 아내 빼고 무서울 것이 없습니다.

불안했던 가정이 화목해지며 예전에는 구석 자리에 앉아 눈치 보며 기죽어 있던 6살 아들이 요즘에는 부쩍 밝아진 모습을 보입니다. 학습지 선생님 말씀으로는 예전에는 또래 아이들보다 학습 능력이 떨어지는 편이었는데 요즘에는 영어와 수학이 또래 아이들보다 더 뛰어나다고 칭찬을 했습니다. 부부 사이가 좋아지니 아들의 학습 능력도 덩달아 좋아지더라고요.

일상의 삶이란 모든 것이 작은 일로 이루어져 있습니다. 결국, 작은 것에 감사하는 사람은 모든 것에 평생 감사하는 사람이 될 것입니다. 처음에는 매일 감사쓰기를 하는 것이 잘되지 않았으나 감사파트너의 도움이 컸어요. 서로 감사메시지를 주고받고, 감사의 글을 공유하는 것들이 동기부여가 되었습니다. 지금은 아내도 감사일기를 쓰고 있어요. 가족과 감사파트너를 맺는 것도 좋은 방법인 것 같습니다.

박해식 씨는 베트남 아내와 결혼한 후, 가족 간의 관계적인 어려움을 겪고 있었습니다. 그러던 와중, 감사를 만나게 되었고 감사나눔 활동을 통해 가족의 행복을 되찾았습니다. 박 씨는 감사를 통해 변화된 가장 첫 번째 모습을 '아내와의 늘어난 대화'라고 이야기합니다. 박 씨의 이야기를 살펴보면서 한 가지 질문을 갖게 되었습니다. '왜 감사가 대화를 늘어나게 하였는가.'

박 씨의 변화 과정을 살펴보면 다음과 같이 요약될 수 있습니다. '첫째, 감사를 적으면서 아내와 아이에 대한 소중함을 갖게 되었다는 것입니다. 둘째, 감사하다는 말을 아내와 아이에게 하기 시작했습니다. 셋째, 표정과 행동의 변화가 찾아왔습니다. 넷째, 자연스럽게 대화의 시간이 늘어났습니다.'

박 씨는 이와 같은 모습으로 변화되기 시작했습니다. 감사를 통해 가장 처음 찾아온 마음의 변화는 상대방에게 소중함을 갖게 되었다는 것입니다. 여기서 우리는 감사가 어떻게 소통을 가능하게 하는지 알게 됩니다. 바로 소중함을 갖게 한다는 것입니다.

소통은 상대방에 대한 소중함이 있을 때 가능합니다. 상상해보시기 바랍니다. 지금 내 앞에 있는 사람이 나에게 의미 없는 존재라면 우리의 대화는 형식적인 대화로 그치고 말 것입니다. 반면, 내 앞에 있는 사람이 나에게 너무나 소중한 사람이라면 우리는 마음과 힘을 다해 소통하려 할 것입니다. 상대방의 이야기를 경청하고 그의 뜻과 공감하기 위해 최선의 노력을 할 것입니다. 이처럼 소중함이란 소통의 기본이 됩니다. 감사는 우리와 마주하는 사람과 삶에 대한 소중함을 가지게 합니다.

아침에 눈을 떠 일상에 대해 감사를 할 때, 우리는 지금 나에게 찾아온 인생이 우연이 아닌 기적임을 깨닫게 됩니다. 그리고 우리는 다시 돌아오지 않는 하루의 소중함 속에서 세월을 아끼는 인생을 살아갈 것입니다. 지금 내 가족에게 감사할 때, 연약한 나의 존재가 가족 구성원들을 통해 채워지고 세워지고 있음을 발견하게 됩니다. 그리고 가족들이 나에게 얼마나 소중한 존재인지를 깨닫게 될 것입니다.

진정한 소통은 마음에서 시작됩니다. 그리고 그 마음의 중심에는 소중함이 있어야 합니다. 우리는 감사로 사람과 삶에 대한 소중함을 일깨워야 합니다. 우리가 살아가는 인생이 당연한 것이 아님을, 우리가 만난 가족과 이웃들이 당연한 사람들이 아님을 깨닫고 감사로 소중함을 찾아야 합니다.

박해식 씨의 사례를 들은 한국코치협회 김재우 회장은 "우리나라에서는 다문화라는 것을 차별적으로 생각한다. 다문화라는 말도 차별적이다. 항상 다른 사람의 눈을 신경 쓰며 살던 것이 감사를 하며, 내 가족, 내 아내, 내 삶 속의 나를 찾아가는 것 같다. 감사가 '나 찾기'와의 연결고리가 된다"며 우리나라가 OECD 34개 국가 중 행복지수가 32위로 낮은 것 또한 '나 찾기'의 부재라며 감사는 나를 찾아가는데 중요한 고리가 된다고 강조했습니다.

합병의 딜레마를 극복한 포스코ICT

"즉석의 감사는 가장 유쾌하다.
지체하면 모든 감사가 헛되고 가치가 상실된다."

미상

　행복나눔125의 틀을 잡고 이를 확산시키기 위해 기업을 물색하던 어느 날 마침 새로 CEO로 선임된 허남석 포스코ICT 사장을 만났습니다. 포스코ICT는 포스데이타와 포스콘을 하나로 합쳐 만든 신생 회사였습니다.

　포스콘은 1979년 창립되었는데, 철강전문 엔지니어링 회사로 승승장구하며 철강분야 EIC 노하우를 보유하고 있었습니다. 포스데이타와 합병할 당시 매출 4천 억 원을 달성하고 있었고, 1,200여 명 규모의 직원을 두고 있었습니다. 포스데이타는 1989년 창립되었는데, IT 서비스 전문 회사였습니다. 이 회사는 포스코 패밀리 중심의 IT 역량을 보유하고 있었고, 포스콘과 마찬가지로 매출 4천 억 원에 1,200여 명의 직원을 두고 있었습니다.

이 두 회사의 합병 직전의 모습은 이랬습니다. 포스데이타는 와이브로 개발에 나섰다가 실패해 큰 손실을 보고 도산 지경에 와 있었습니다. 포스콘은 엔지니어링 서비스를 주로 해 현장 중심 문화가 자리 잡고 있는 기업이었습니다. 완전히 이질적인 조직 문화를 가졌던 기업이 물리적으로만 합쳐진 상태였던 것입니다. 물과 기름 같은 두 기업을 어떻게 하나로 뭉치느냐가 허 사장의 고민이었습니다.

2010년 3월 CEO로 취임한 허 사장은 두 회사의 합병 이후 시너지 효과를 내는 기간을 최소 3년으로 잡았습니다. 이를 위해 먼저 비전을 설정하고 그것을 공유시켰고, 신뢰 구축을 위해 노력했고, 긍정 마인드를 조성해나갔습니다.

기업의 비전은 ICT 중심에서 녹색 성장 기업으로의 변화였고, 중기 목표로 2년 안에 수주 2조 원을 달성하기로 했습니다. 그래서 사업 영역을 클라우드 컴퓨팅, 철도와 교통, LED 조명, Smart Grid, 원전 사업, BC/PC 통합 등으로 넓혀나갔습니다.

신뢰 구축을 위해서는 CEO가 직접 현장을 돌며 직원의 의견을 청취해나갔습니다. 그리고 열린 대화의 장을 자주 만들어 서로를 이해하는 시간을 많이 가졌습니다. 또한 전 사원 혹은 조직 단위의 워크숍을 자주 가져 조직과 계층 간의 신뢰 형성에 애썼습니다.

그리고 마지막으로 긍정 마인드를 조성하기 위해 감사활동 5단계If, Because of, in spite of, 선행, 독서를 실천했습니다. 아울러 행복나눔125의 핵심인 1일 1회 선행과 1일 감사 다섯 가지 쓰기도 꾸준히 해나갔습니다.

결과는 대성공이었습니다. 2009년도 직원 몰입도 조사에서 43퍼센트에 그쳤던 결과는 운동 시작을 선언한 2010년 4월부터 불과 몇 달 뒤에 58퍼센트로 상승했습니다. 2011년에는 70퍼센트에만 도달해도 훌륭하다는 목표를 세웠습니다. 그런데 놀랍게도 84퍼센트를 달성했습니다. 포스코 본사는 물론 계열사에서 최고 기록이었습니다. 그야말로 540일 만에 기록한 기적 같은 일이었습니다. 겉돌기만 했던 직원들은 항상 웃고 신바람 나는 사람들로 바뀌어나갔습니다. 미래를 걱정하던 조직이 내일의 희망을 이야기하는 기업으로 변한 것입니다. 2012년에는 몰입도가 89퍼센트를 기록했습니다.

'감사경영의 원조'로 평가받는 포스코ICT에서 추진된 행복나눔125를 다시 정리해보면 이렇습니다.

포스코ICT는 2010년 4월 행복나눔125를 전사적으로 전개할 것을 선언했습니다. 그해 5월에 활동 사례를 공유했고, 11월에 행복나눔125 간담회를 개최했습니다. 2011년 1월 25일 임직원, 가족, 협력사와 함께 행복나눔125의 의미와 실천 계획을 공유하는 행복나눔125 Day 행사를 가졌으며, 2월부터 전 직원을 대상으로 한 가나안농군학교 입교가 시작됐습니다. 3월부터 불씨캠프를 열고 행복불씨를 육성하는 작업에 돌입했으며, 6월부터 가족과 함께 나누는 감사스토리 공모전도 실시했습니다. 12월 5일에는 행복나눔 페스티벌 행사를 열고 우수 활동 사례를 공유하고 포상하는 시간도 가졌습니다.

행복나눔125는 기업의 성과로 이어졌습니다. 수주액이 해마다 늘어났습니다. 2009년은 9,000억 원, 2010년에는 1조 1,000억 원, 2011년에는 1조 5,000억 원이었습니다.

허남석 사장은 포스코ICT의 행복나눔125 도입과 성공을 인정받아 포스코ICT는 물론 모든 포스코그룹 계열사들에게 행복나눔125를 전파하는 특명을 정준양 회장으로부터 일임받고 지금도 신바람 나게 행복나눔125를 나누고 있습니다.

허남석 사장의 말을 직접 들어보겠습니다.

행복나눔125를 시작한 지 3년이 되었다. 125니까 상징적으로 1월 25일에 1년의 계획을 서로 발표·공유하고, 연말 12월 5일은 1년의 성과를 공유하는 것이 전통이 되었다. 3년의 시간을 되돌아보면 2010년은 선포와 분위기 조성을 하고 2011년은 본격적으로 전 직원이 감사쓰기 체험을 하면서 자리를 잡았다. 봉사활동과 독서토론을 하면서 지혜와 안목을 키워나갔다.

작년엔 감사카드, 테마감사 등으로 서로가 다름을 인정하고 느끼면서 우리의 감사마인드를 향상시켰다. 2013년 올해 조금 더 노력해 습관이 되도록 해 그야말로 감사의 물결 효과를 만들어보겠다. 임원, 직책보임자부터 솔선수범하여 전 직원에게 파급이 되어 모두가 좋은 습관으로 행복해지기를 기원하고 좋은 기업문화를 만들어가도록 노력하겠다.

경영환경이 급격히 변화되는 시대에 성과를 내고 성공한다는 것이 쉽지는 않다. 코페르니쿠스의 지동설이 가져온 충격처럼 발상의 전환과 혁신이 필요하다. 성공하니까 행복한 것이 아니라 행복해서 성공하는 것이다. 행복하기 위해서는 긍정의 마인드를 가져야 하고 긍정의 마인드를 갖기 위해서는 감사의 태도가 필요하다.

감사가 행복에 직결되고 성공을 불러온다. 이것이 포스코ICT가 하고 있는 '감사경영'이다. 어려운 시대에도 좋은 실적을 내고 성공 사례를 통해 직원들에게 자신감을 불어넣어 주고 주변에 좋은 영향을 끼쳤다. 행복나눔이 사회적으로 확산되고 사회를 밝게 하는 것의 중심에 포스코ICT가 있다.

행복나눔125를 통해 정말 직원들이 다니고 싶은 회사로 바뀌고 회사에 애정을 갖고 긍정의 에너지를 품었다. 현실을 바탕으로 함께 고뇌하며 상생의 모드를 만들 것에 같이 고민하며 행복나눔125와 포스코ICT가 더욱더 진화되길 기대해본다.

허남석 사장의 리더십으로 행복나눔125가 정착된 포스코ICT 직원들 또한 감사나눔으로 엄청난 변화를 겪었습니다. 그 변화를 통해 개인도 가정도 일터도 행복해졌습니다.

여기서 다 소개할 수는 없고, 감사나눔으로 가족의 행복을 찾은 박인만 포스코ICT SOC사업본부 부장이 쓴 감사의 글을 들여다보겠습니다.

"오빠…… 아버지께서……."

2011년 5월 말 한밤 여동생으로부터 전화가 왔다. 한동안 흐느낌 소리만 들려왔다. 아버지께서 전립선 암 말기이며 전신으로 전이되어 수술이 어렵다는 날벼락 같은 소식이었다. 나는 힘들어 하는 형제들에게 각지의 느낌을 문자로 나누며 격려하

 나는 당신을 만나 감사합니다

자고 제안했다.

지난 세월 동안 있었던 아름다운 추억에 대한 감사, 어려운 시절 큰 버팀목이 되어주셨던 든든한 아버님에 대한 감사, 늘 칭찬과 격려로 지지해 주시던 모습에 대한 감사 등을 문자로 나누었다. 사실은 아버님이 그냥 존재해 주시는 것만으로도 감사했다. 문자로 안부를 교환하며 점차 우리 형제들은 차분해져 갔다. 계속 위로하고 격려하고 감사하는 문자로 사랑을 나누었다.

신촌에 있는 대학병원에 급히 정밀검사 예약을 하였다. 진단 결과 전립선 암이었다. PSA 치수는 14,000으로 말기에 가까우며 머리와 목을 제외한 전신의 뼈에 전이되었다는 진단을 받았다. 우리 형제자매는 다시 모여 가족회의를 열었다. 모두의 지혜를 모아 맑은 공기의 환경, 야채 중심의 식단으로 대체하기로 결정했다. 그리고 아버님이 살아온 인생을 정리하실 수 있도록 대학 노트를 한 권 사드렸다.

"아버지도 감사일기를 써보시죠. 아버지의 일생을 1,000가지 감사로 정리하면 손자손녀들에게는 소중한 선물이 될 것입니다."

그해 11월 초 아버지가 100가지 감사를 완성하신 다음 그 내용을 손자의 스마트폰으로 촬영해서 보내 오셨다. 그 내용을 읽어 내려가는 동안 나의 온몸은 감동과 감사로 감전된 것 같았다. 그해 9월 초 나와 여동생은 아버님을 모시고 병원에 가서 정밀검사를 다시 받았다.

"이 그래프 좀 보세요. 암 수치가 1,000대로 뚝~ 떨어졌어요! 축하드립니다."

의사 선생님의 깜짝 놀란 목소리를 들으며 우리 가족들은 하늘을 나는 것 같았다. 마음 졸이며 기다리고 있을 온 가족에게 감사문자를 타전했다. 그로부터 며칠 후 추석을 맞았다. 온 가족이 대구 아버지 댁에 모였다. 추석날 아침 식사를 마친 후 우리는 감사잔치를 열었다.

감사잔치의 주제는 '부모님의 삶과 가족에 대한 감사회상'이었다. 아버님이 먼저 말씀을 시작하셨다. 어릴 적 일본에서의 생활, 그리고 광복을 맞아 귀국하여 부산에서 전 재산이었던 금덩어리를 도둑맞았던 이야기, 어머니와의 풋풋한 사랑 이야기 등을 들으며 우리 가족들은 행복한 추억의 시간으로 빠져들었다. 이야기를 다 들은 후 가장 어린 손녀딸 은아부터 소감을 나누었다.

"할아버지…… 그냥 이대로 계셔 주셔서 고맙습니다."

은아는 힘겹게 말을 끝내고 그만 울음을 터뜨리고 말았다.

그로부터 1년 후인 2012년 4월 병원을 다시 찾았다. "이제 약

나는 당신을 만나 감사합니다

물처방 효과가 떨어진 것 같으니 한 달간 투약 없이 경과를 살펴보고 대응방법을 결정하자"는 의사의 처방에 따라 가족들은 또다시 감사기도를 문자와 전화로 나누기 시작했다.

"아버지 몸의 암세포들이 하나님께서 창조하신 자연의 질서를 회복해 다시 정상적인 세포로 자라도록 해주세요."

그때부터 40일 동안 매일 아침 5시에 일어나면, 아버지가 계시는 남쪽을 향해 앉은 상태에서 똑같은 내용의 기도를 했다. 다른 형제들도 모두 새벽기도에 동참했다.

약물치료 없이 자연음식요법 후 다시 병원을 찾았다. 암 치수는 573으로 여전히 높았지만 약물치료 종결 한 달 전 시점 680에 비하여 100포인트 이상 떨어진 숫자였다. 그래서 희망을 가질 수 있었다. 나는 이래서 도저히 감사기도와 감사쓰기를 쉴 수가 없다. 매일매일 돌아가는 감사의 발전기 소리가 나의 심장 소리가 되었다. 행복나눔125를 통하여 우리 가족 모두가 큰 위기 속에서 감사하고 웃을 수 있도록 격려해준 회사에 감사드린다.

행복나눔125는 나, 가정, 일터, 사회의 행복으로 이어진다고 했습니다. 그럼 여기서 행복나눔125로 일터에 대한 생각이 바뀐 것을 몇몇 직원의 감사쓰기에서 살펴보겠습니다.

나는 최근 'Present'라는 단어를 제일 좋아합니다. 지금 이 시간이 바로 나에게 선물이기에 그렇습니다. '지금' 나와 가장 많은 시간을 동행해 주고 있는 '포스코ICT' 사랑하고 감사합니다. – SOC 영업2팀 이재준 부장

칭찬은 고래도 춤추게 한다고 했는데 감사는 그것보다 효과가 큽니다. 가족들이나 알고 있는 사람들에게 감사하는 마음을 글로 표현함으로써 얻을 수 있는 것은 무한합니다. 이러한 행복나눔 활동이 회사의 기업문화로 정착된 것에 대하여 감사드립니다. – 프로세스진단 이종석 그룹장

우리 회사가 나에게 주는 의미를 생각해 보게 되었습니다. 덜 익은 20대에 우리 회사를 만났고 수많은 기회를 통해 나를 성장시켜 오늘의 모습에 이르렀습니다. 나와 나의 가족, 그리고 친지들로부터 수많은 찬사를 받았던 자랑스런 소중한 우리 회사 감사합니다. – IT 서비스사업부 김준환 사업부장

회사는 저에게 우리 회사의 대표성을 줍니다. 그래서 어디에서든 당당합니다. 회사에서 준 대표성으로 인하여 어느 누구도 저를 무시하지 않습니다. 그 힘으로 여러 회사와 당당하게

협상합니다. 회사는 저에게 누구보다 소중한 동료를 주었습니다. 오늘도 그 동료들로 인하여 즐겁습니다. 때로는 다투기도 하지만 그럼으로써 적당한 긴장감을 안겨 줍니다. 회사는 저에게 전문성과 질타를 주었습니다. 이제는 제 분야에서 뒤처지지 않고, 한 번 더 생각하고 완벽해지려고 노력합니다. 회사는 저에게 비전과 목표를 주었습니다. 그래서 저의 미래는 어둡지 않고, 그래서 막 살지 않습니다. 회사는 저에게 매일 가야 할 곳을 주고 세상을 주었습니다. 그 세상이 저의 일터입니다. – 철도영업팀 이길용 팀장

이처럼 개인이 감사의 힘으로 달라지는 것을 직접 현장의 목소리를 통해 확인해 보았습니다. 이는 곧 가정이 달라지고, 기업이 달라지고, 사회가 달라지는 선순환 구조 속에서 힘을 발휘할 것입니다. 그래서 포스코ICT가 어떠한 미래 비전을 세워도 그 토양이 든든히 마련되어 이제는 큰 어려움이 없이 비전을 달성할 수 있을 것입니다.

포스코ICT에서 행복나눔125를 이끌었던 허남석 사장이 포스코경영연구소로 자리를 옮겼지만, 포스코ICT에서의 행복나눔125는 조봉래 사장의 리더로 계속 이어지고 있으며 그 영역을 더욱 넓혀 나가고 있습니다. 2013년 4월 김포시

장애인 주간보호센터를 찾아가 중증장애 아동들과 함께 야외 나들이를 다녀오는가 하면 어버이날을 맞아 성남시 황송노인복지관을 찾아 후원금 전달 및 카네이션 달아주기 행사 등을 펼치고 있습니다. 나에서 시작한 감사가 가족으로 일터로 사회로 확산되는 과정을 잘 보여주고 있는 좋은 사례라고 할 수 있을 것입니다.

행복지수가 올라간
포스코

"과거의 일부만 감사의 제목이 된다면
우리의 미래도 그만큼 온전할 수 없다."

헨리 나우웬

포스코ICT에서 행해진 행복나눔125가 성공을 보이자 이는 포스코 전 계열사로 확산되기 시작했습니다. 포스코는 2011년 11월 행복나눔125의 핵심인 '감사나눔운동'을 도입했습니다. 긍정적 마인드 향상과 행복한 일터 만들기를 목표로 삼은 감사나눔운동은 조직의 최소 단위인 주임/SV 중심의 자율적 추진, 직원들이 보고 배울 수 있도록 경영진과 리더의 솔선수범 등의 원칙을 가지고 출발했습니다.

우선 가이드라인을 배포하고 자율적 추진을 위한 토론회, 공감대 형성을 위한 감사나눔 특강을 실시했습니다. 조직 단위별로 감사와 긍정의 언어가 얼마나 강력하고 중요한지 체험하는 실험의 시간도 가졌습니다. 이를 바탕으로 감사수첩, 학습동아리, 스마트폰 앱 등을 활용해 가족, 동료, 고객, 범사에 대해 쓰는 '1일 5감'을 실천했습니다.

처음에는 쑥스러웠지만 소중한 사람에게 100감사를 써보기도 했습니다. 서먹하게 지내던 부인에게, 군에 입대한 아들에게, 병환 중인 어머니에게 100감사를 쓰면서 가족이 하나가 되었습니다. 심지어 새로 태어난 동생 때문에 힘들어하던 어린 아들을 위해 부인과 함께 1,000개의 감사를 작성한 사람도 나왔습니다.

감사의 대상이 현장의 설비로까지 확장됐습니다. 문제가 많이 발생하는 설비에 '감사합니다'라는 표지를 부착하고 관심과 애정을 표현하자 트러블 발생이 줄어드는 기적 같은 일이 일어났습니다. 여기에 임원과 리더들이 솔선수범을 통해 가속도를 붙여주었습니다.

포스코 정준양 회장이 하루 3회 이상 직접 직원들에게 감사전화를 했고, 조봉래 포항제철소장은 사내 SNS를 통해 매일 2~3회 감사메시지를 발송했습니다. 물론 원하지 않는 직원에게는 억지로 강요하지 않았습니다. 다만 성공 사례를 발굴하고 소개해서 자발적 참여를 유도하는 일만은 포기하지 않았습니다.

나는 당신을 만나 감사합니다

그러자 여기저기서 감동적인 사연들이 쏟아져나오기 시작했습니다. 우선 현장에서 불평과 불만이 몰라보게 감소했고, 반면에 긍정적 언어의 사용은 눈에 띄게 증대됐습니다. 덩달아 동료에 대한 관심이 높아지면서 사내 소통이 원활해졌습니다. 이 과정에서 불치 판정을 받았던 신장암을 극복한 사례도 보고되었습니다. 일터가 즐거워졌다는 평가도 나왔습니다. 실제로 직원들의 제안으로 현장에 붙어 있던 표지판 문구인 '핸드레일을 잡으세요', '안전모를 쓰세요'가 '핸드레일을 잡아주셔서 감사합니다', '안전모를 써주셔서 감사합니다'로 바뀌었습니다. 애사심이 증대되면서 퇴직자가 회사에 감사편지를 보내오기도 했습니다.

2011년 11월부터 시작한 감사나눔운동으로 포항제철소의 행복지수가 올라간 것은 물론이고 기계와 설비의 고장이 줄고 품질이 획기적으로 향상됐습니다. 단적으로 월평균 설비 고장 건수가 2011년 13건에서 2012년 3건으로 현저히 감소했습니다.

조업 기준 준수율은 4.9퍼센트 증가2012년 9월 기준한 반면에 불량률은 '마魔의 2퍼센트'를 깨고 1퍼센트대까지 감소했습니다. 그리고 마침내 까다롭기로 유명한 토요타가 '포스코 철강 제품의 품질은 최고 수준'이라는 평가를 내리기에 이르렸습니다. 모든 것이 설비와 기술에 감사의 마음이 보태져 나온 결과라고 생각합니다.

여기서 포스코 전체를 다 소개할 수 없어 발전과가 행한 감사나눔운동을 대표적으로 소개해볼까 합니다. 포스코의 전기, 용수, 가스 관리 및 제철소 유틸리티 배·수급 등 전 설비를 아우르는 에너지부는 7개의 과팀로 이루어져 있습니다. 그중 발전과는 중앙, 형산, LNG, Finex의 네 발전소가 있어 중추적 역할을 감당하고 있는 부서입니다.

발전과는 2012년 5대 캠페인으로 1) 매일매일 감사하기, 2) 10대 철칙 습관화, 3) 작업표준 지키기, 4) 소통활동 적극 참여하기, 5) 동호회 활동을 통한 건강 지키기를 내세워 준수하고 있었고, 참신한 아이디어와 넘치는 열정의 에너지를 담아 감사나눔운동을 실천하고 있었습니다. 운제산 정상에 올라 달빛 아래 감사편지를 릴레이 낭독하는 몸건강·마음건강 프로젝트인 '감사나눔 야간달빛산행', 조직의 화합을 도모하고 교대 근무자를 배려한 '팀파워 활동', 발전과 내의 소통과 감사나눔활동 사례 공유의 주역인 'Fun 발전과 News 월간 발행 소식지', 기존의 감사열매나무 활동의 부족한 점을 보완하고자 이종현 주무의 아이디어로 시작된 '감사적금통장', '감사하면 행복합니다'라는 타이틀을 가진 '감사보드',

나는 당신을 만나 감사합니다

감사표현의 힘을 실감케 하는 '양파실험', 일상의 감사를 그때그때 기록할 수 있는 '스마트폰 오감 애플리케이션 감사', '감사를 품은 피자' 나눔, 소통활동의 일환인 '상주근무자 탁구대회' 등 주임, SV단위 내의 자체적 활동까지 열거하자면 끝이 없을 정도로 활발한 활동을 한 곳입니다.

이렇듯 다양하고 독특한 감사활동을 활발히 펼치는 발전과에서는 서로에게 보내는 100감사편지가 끊이지 않고 근무환경을 깨끗하게 정리정돈하여 서로가 맑은 정신으로 근무할 수 있게 배려하는 솔선수범의 미덕이 항상 빛을 발하고 있습니다.

감사나눔의 역동적 에너지가 강하게 뿜어져 나오고 있는 '직원이 건강하고 설비가 강건하며 행복과 감사가 넘치는 발전소' 직원들의 말을 직접 들어보겠습니다.

감사나눔활동에 처음엔 반신반의했지만 해보니까 좋다. 서로 고맙다고 하니 기분이 좋고, 배려심이 생긴다. 그리고 포용력이 늘어나 관계가 개선된다. 나를 많이 발전시키는 원동력이 되어주기 때문에 나이를 먹을수록 기대가 된다.

– 이기화 SV

'이게 감사활동이다'라고 느낀 것은 작년에 과장님이 '아내 생일 축하해주기' 이벤트를 진행하셨을 때다. 감사활동으로 '직원부인 생일 챙기기' 행사를 처음 제안하셨을 때는 '잘 도와드려야겠다'의 차원이었는데 한 집 한 집 이벤트를 진행할수록 서로 축하하는 모습을 보고 나니 이것이 바로 감사나눔의 모습이라 느껴지고 피부로 와닿았다. 또 감사활동을 통해 나의 현장케어방식이 예전과 달라졌다. 칭찬함에 인색하지 않게 되었다. 각자가 인정받을 수 있도록 못한 것보다 잘한 것을 보아 칭찬하고 격려했다. 원인은 내 안에 있었다. 가부장적이던 성격도 최근엔 '이것이 좋은 것이 아니구나'라고 느끼고 권위적 태도를 벗으려 노력한다. 부모님 찾아뵈러 병원도 자주 가게 되었다. 감사는 혼자만 하면 안 된다. 함께해야 빛을 발한다. 나에게 '감사'는 마음을 보여주는 '마음의 거울'이다.

– 이군형 통합파트장

감사활동과 운제산 달빛산행으로 건강이 좋아졌다. 내 자신을 위해 '감사나눔실행'에 투자했다. 건강이 좋아진 것만으로 소기의 목적이 달성된 셈이다. 조용한 가운데 오로지 랜턴 하나에 의지해 보이지 않는 정상을 향해 오르고 또 오르다보면 시원한 계곡바람 한줄기가 등을 타고 내려오는 땀을 식혀주고 정상에서 펼쳐지는 형형색색의 제철소와 포항시의 야경은 감탄이 절로 터져나오게 한다. 동료와 설비와 나 자신에게 감사한 순간이다. 달빛산행 참석자는 운제산 정상에 비추이는 환한 달빛 아래에서 감사편지 릴레이 낭독을 하고 있다. 나에게 '감사'는 함께하고 함께 즐기는 '사랑'이다.

– 김경래 SV

가족 간에 대화가 부족했다. 가장이라고 명령하고 강요했더니 소통이 더 어려워졌다. 그런데 감사의 마음을 가지다보니 말하기 전에 3초 정도 먼저 생각할 여유가 생겨났다. 잠시 생각하고 이야기하니 억압이 줄고 진정한 대화는 늘어나기 시작했다. 지금은 매주 가족에게 감사문자를 보내고 객지에 있는 아들과는 전화로 소통한다. 마음에서 우러나오는 진정한 감사나눔으로 서로에게 베풀고 배려하는 자세의 실천이 중요하다. 나에게 '감사'는 어두운 마음을 밝혀주는 '달빛'이다.

– 강동문 SV

포스코에서 진행되고 있는 행복나눔125의 성과가 모두 중요하지만 마지막으로 한 가지만 꼽는다면 포스코의 영향으로 지역 전체가 행복나눔125를 실천하고자 한다는 것입니다. 특히 포스코에서 7~8년간 심혈을 기울여 체계적으로 정립한 QSS Quick Six Sigma 활동, 즉 정리정돈 등 5S 활동을 기본으로 불합리한 낭비를 제거하고 환경을 깨끗이 하는 포스코 고유의 혁신 활동을 지역 사회에서 받아들이고 이를 자신의 조직에 맞게 실행하고 있다는 것입니다. 이를 위해 포스코에서 노하우 전수의 일환으로 지원 활동 및 교육을 아끼지 않고 있습니다.

이처럼 기업의 노하우가 지역 사회로 전수될 수 있는 것도 역시 감사의 힘입니다. 감사가 아니면 나누고 함께하는 삶을 꿈꾸지 못했을 것이기 때문입니다. 그래서 지금도 포스코는 감사나눔으로 '마음을 깨끗이' 하는 소프트웨어 혁신과 QSS 활동으로 '환경을 깨끗이' 하는 하드웨어 혁신을 꾸준히 실천하는 것을 통해 가정, 행정 조직, 공장 등등 모든 공간이 행복해지는 사회를 만들어나가고 있습니다.

불황 위기를 탈출한
천지세무법인

"교만은 감사하는 마음을 죽인다.
그러나 겸손한 마음은 감사가 자연히 자라게 하는 토양이다."

헨리 워드 비처

　지난 30년 동안 작은 규모의 세무사 사무소를 국내 굴지의
중견 세무법인으로 키워낸 천지세무법인 박점식 회장이 '감
사'를 만난 것은 2010년 3월이었습니다. 당시 사업은 날로
번창했지만 박 회장은 본능적으로 위기감을 느꼈습니다. 다
른 업종에 비해 세무 업계는 변화가 적은 편이었으나 '전자
세금계산서제도'의 본격 시행을 계기로 세무 업계에 엄청난
변화의 파도가 밀려올 것이 예상되었던 것입니다. 세무 업
계는 이때까지 변화에 충분히 대응하지 못하고 있었습니다.
박 회장은 변화와 혁신을 추진하기로 마음을 먹었습니다.

　변화와 혁신에서 가장 중요한 것은 직원들의 마음을 바꾸

는 일입니다. 박 회장은 직원들에게 변화와 혁신에 대비하자고 역설했습니다. 하지만 직원들의 반응은 둔감했습니다. 실망감을 감추지 못했던 박 회장은 어느 날 우연히 감사에 관한 책을 읽게 되었습니다.

"감사일기? 그래, 바로 이거다!"

박 회장은 곧바로 자신이 먼저 감사일기를 쓰기 시작했습니다.

"그 책에는 '하루에 다섯 가지씩 3주일만 감사일기를 써 봐라. 그러면 네가 먼저 자신이 변화한 것을 알아보게 될 것이고, 3개월 후면 다른 사람들도 알아볼 것이다'라는 구절이 있었어요. 그것을 직원들에게 읽어주면서 실행에 옮겨보라고 권했습니다. 그런데 한 달 후에 '감사일기 쓰는 사람이 있느냐?'고 물어봤지만 아무도 없었어요. 좋은 습관을 갖는다는 것이 결코 쉬운 일이 아니라는 것을 그때 절감했지요."

박 회장은 다음 워크숍 분임토의 안건에 다시 이 문제를 올렸습니다. 그러자 직원들은 미안했던지 두 개 조에서 의무적으로 감사일기를 쓰고, 그것을 업무일지에 올리자고 제안했습니다. 일부 직원들이 자발성을 발휘하자 전체 직원들이 감사와 칭찬을 업무일지에 올렸습니다. 회사 내부에 작지만 놀라운 변화가 일어난 것은 그때부터였습니다.

"서로가 서로에게 칭찬과 감사를 표현하면서 뭔가 닫혀 있던 벽들이 하나둘 허물어지는 징후가 나타났습니다. 예컨 대 한 직원이 자신이 가지고 있던 업무에 관한 노하우를 공 개하면 다른 직원이 그 직원을 칭찬하고 또 다른 직원이 피 드백 해주면서 진정한 소통이 이뤄진 것이죠."

하지만 박 회장에게는 2퍼센트가 부족한 것처럼 느껴졌 고, 그것이 늘 아쉬움으로 남아 있었습니다. 감사일기를 쓰 기는 했지만 '올인' 하는 단계까지는 못 갔던 것입니다.

그러던 어느 날 CEO 독서클럽에서 박 회장은 벽산건설 사장 출신인 김재우 한국코치협회 회장을 만났습니다. 그 만남은 그에게 큰 행운을 가져다주었습니다. 김 회장의 소 개로 감사나눔신문과 인연을 맺게 된 것입니다. 박 회장은 감사나눔신문과 손잡고 감사일기 쓰기에 다시 박차를 가했 습니다. 자칫 중도에 그만둘 위기에 처했던 '감사경영'이 이 때에 확고히 뿌리를 내릴 수 있었습니다.

"칭찬과 감사를 통해 소통이 이뤄지자 업무 노하우 공유 를 통한 개선안과 아이디어가 속출하는 선순환 구조가 구축 됐어요. 그러자 기존에 세 시간 동안 작업해야 끝나던 것이 삼십 분 만에 끝나버리는 업무의 효율화가 가시화되기 시작 했습니다."

그뿐만이 아니었습니다. 업무 노하우 공유와 역할 분담이 이뤄지자 전혀 예상치 못한 혁신이 일어났습니다.

"세무법인의 세무사와 일반 직원의 비율은 대략 1 대 4 정도 됩니다. 일반 직원이 세무사보다 훨씬 많지요. 과거에는 세무사가 주로 고객을 만나고, 일반 직원은 세무사의 직무를 보조하는 정도의 역할만 담당했습니다. 다시 말해 창의적인 아이디어를 발휘해 고객의 니즈를 찾아내는 것은 전문직인 세무사의 몫이었고, 일반 직원은 단순한 반복 작업에 투입됐던 겁니다. 그런데 여기서 딜레마가 발생했지요. 세무사가 만나야 할 고객이 너무 많아지면서 일일이 관리하기가 어렵게 된 겁니다."

천지세무법인은 과감한 발상의 전환을 통해 이 딜레마를 해결했습니다. 업무 시스템을 바꿔 일반 직원과 세무사의 역할에 변화를 준 것입니다. 일반 직원이 주도적으로 고객을 관리하고, 세무사는 그것을 보충하도록 업무를 조정했습니다. 세무 업계의 오랜 관행을 파괴하고 역할을 바꾸자 당장 혼선이 일어났습니다. 전문성이 떨어지는 일반 직원이 고객에게 적극적으로 다가가지 못했던 것입니다. 그러나 혼란은 그리 오래 가지 않았습니다.

"이때 결정적 역할을 한 것이 바로 '감사경영'이었어요.

평소 감사일기 쓰기를 통해 자존감이 높아지고 긍정적인 마인드로 철저히 무장하고 있었던 일반 직원들이 탁월한 능력을 발휘한 겁니다. 그들은 고객에게 적극적으로 다가가 유익한 정보를 제공하며 친절하게 서비스를 하자 고객들의 감사와 칭찬의 글이 회사 사이트에 올라오기 시작했습니다. 일반 직원들이 다양한 노하우와 사례를 공유하면서 시너지 효과까지 났습니다. 감사일기 쓰기를 통해 회사 분위기가 '일 중심'에서 '사람 중심'으로 바뀐 결과였지요."

이를 위해 박 회장은 일반 직원들을 단순하고 반복적인 입력 업무에서 해방시켜주었습니다. 입력 업무는 거의 전부 육아 문제로 쉬고 있던 경력 사원들로 구성된 조직에 아웃소싱을 했습니다. 이들이 오전 10시부터 오후 5시까지 입력 업무에 몰입하면 됐기에 효율성은 10배 가까이 높아졌습니다. 덕분에 시간을 아끼게 된 일반 직원들이 고객을 만나는 횟수가 대폭 늘어났고, 그렇게 되자 이전까지 보통 6개월에 한 번, 3개월에 한 번 방문하던 고객을 1개월에 한 번 방문하게 되었습니다. 고객 방문 주기가 짧아지고 접촉 빈도가 높아지면서 당연히 고객의 만족도가 상승할 수밖에 없었습니다.

박 회장의 감사운동은 회사에서 끝나지 않고 가정으로 확장됐습니다. 우선 아내에게 100가지 감사할 일을 써서 건넸습니다. 평소 무뚝뚝했던 남편이 변하자 아내는 감동했고, 가정은 더욱 화목해졌습니다.

그러던 와중에 청상과부로 외아들을 키우신 어머니가 쓰러져 병석에 눕게 되었습니다. 박 회장은 '1,000가지 감사쓰기'에 도전했습니다. 처음 200개까지는 수월했으나 더 이상 떠오르지 않았습니다. 새벽 3시에 일어나 명상을 하고 책상 앞에 앉았습니다. 어머니와 보냈던 희로애락喜怒哀樂의 모든 순간들이 주마등처럼 떠오르기 시작했습니다. 그렇게 700감사를 넘겼을 무렵 86세의 어머니가 소천하셨습니다. 박 회장은 어머니 마지막 가시는 길에 700감사를 선물했습니다.

"1,000감사에 도전하면서 너무나 행복했습니다. 어머니가 등 뒤에서 안아주는 듯한 뿌듯한 감정을 가슴 깊은 곳에서 느낄 수 있었습니다. 어머니가 생존해 계신 분들은 더 늦기 전에 1,000감사에 도전해보시기 바랍니다."

감사의 실천으로 자신과 가정과 일터에서 엄청난 변화를 겪고 있는 박점식 회장의 감사나눔은 지금도 계속되고 있습니다.

행복세상 6

인성교육의 산실
포항제철 지곡초등학교

"감사의 마음은 얼굴을 아름답게 만드는 훌륭한 끝손질이다."

T. 파커

    2010년 6월 포항제철 지곡초등학교 교사 및 학부모를 대상으로 행복나눔125를 강의했습니다. 그 이후 이 학교는 감사나눔운동을 본격적으로 실시하였습니다.

    '인성 쑥쑥 Up!Up! 글로벌 리더로 자라는 배움터'를 슬로건으로 하고 있는 지곡초등학교는 학생들이 됨됨이가 바르고 미래의 리더로 자라기 위해서는 학교와 가정이 공동으로 참여하여 지도할 수 있는 인성교육 프로그램이 필요하다고 항상 생각하고 있었습니다. 그러던 차에 이 운동을 알았고, 적극 실천하게 되었습니다.

    지곡초등학교는 감사나눔운동을 먼저 온라인을 통해 시작

하였습니다. 2010년 9월 선플달기 캠페인을 시작으로 매월 '선플왕'을 선발하여 그의 글과 얼굴을 소개하고 있습니다. 지금까지 38주간 선플왕을 선정하여 시상했고, 1년에 1회 '선플트리' 행사를 실시하여 감사하는 바이러스가 전교생에게 전파되도록 했습니다. '12선플트리' 행사에는 전교생이 총 8만 3,000여 건의 감사글을 이어서 올린 바 있습니다.

또한 '감사노트' 우수작 코너를 마련하여 우수글을 소개하고 있습니다. 감사노트는 매일 5감사 내용을 기록하고 있고 우수글을 시상하고 있습니다. 사이버상의 올바른 언어사용과 감사하는 맘 확산을 위해 '아름누리 지킴이' 동아리를 만들어 활동하는 등의 성과로 청소년 유해 사이트 차단 프로그램 설치 활성화 캠페인 단체상 및 S클린 최우수학교상여성가족부장관상을 수상하기도 했습니다.

오프라인을 통한 활동은 ①고맙데이 행사-5감사글 전시전교생 및 기관장, ②감사노트 기록, ③감사편지 쓰기, ④100감사 쓰기, ⑤졸업식-부모님께 감사의 털목도리 직접 짜서 걸어 드리기 행사, ⑥아름다운 심성기르기-동요부르기학년별 필수동요 선정, 학교종소리 동요로 대체, ⑦칭찬통장, ⑧감사나눔 파일제작 전교생 배부 등을 들 수 있습니다.

이 학교는 또한 기아내책 글로벌 시민교육에 매년 참여

나는 당신을 만나 감사합니다

하고 있고, 난치병 어린이 돕기^{국내} 및 유니세프^{국외}를 통한 불우이웃돕기 활동을 하고 있습니다. 2009년부터 '기아대책 글로벌 시민 아동교육'에 참여하여 아프리카 어린이들의 생활을 체험하면서 그들을 돕기 위한 활동들을 전개해 왔습니다.

국내 나눔활동으로는 전교 어린이회 결정에 따라 교내에서 성금 모금활동을 하여 '난치병 어린이 돕기'운동을 펼쳐 매년 지원하고 있고, 포항시에서 추진하는 '벼룩시장'에 물품을 기증하여 장터에서 직접 팔고남은 수익금을 불우학생을 위해 전달하는 활동을 하고 있습니다.

이러한 감사나눔교육 프로그램이 전국적인 명성을 얻어 인성교육 프로그램 벤치마킹 방문단이 쇄도하고 있습니다. 2011~12학년도 교육 관계자 방문은 40여 개 단체에서 1,600여 명이 다녀갔으며, 특히 2012년 5월에는 APEC 교육장관단이 인성교육 활동 사례를 견학차 방문하는 등 전국적인 명성을 얻고 있습니다.

지곡초등학교의 감사나눔운동은 학교폭력 제로화와 더불어 친구사랑 선플들이 트리가 되는 등 감사바이러스가 넘치게 하고, 불우이웃사랑을 체험을 통해 몸소 실천하는 나눔활동이 활발한 행복 학교를 만들어가고 있습니다.

이와 같은 온·오프라인 감사교육 프로그램과 나눔교육활동이 널리 전파되어 포항은 물론 전국 학교에 일반화되었으면 합니다. 감사나눔은 인성교육에 큰 효과를 가져다주기에 이런 바람이 단지 바람만으로는 끝나지 않을 것입니다.

나는 당신을 만나 감사합니다

공동체의 새 역사를 쓰는
두루빛감사공동체

사람이 얼마나 행복한가는 그의 감사의 깊이에 달려 있다.

존 밀러

2012년 9월 경인지역에서는 두루빛감사공동체가 결성되었습니다. 개별적으로 감사나눔운동을 하는 세 개의 조직을 하나로 묶은 것입니다.

첫째, 'Happy Talk'입니다. 오경술 두루빛이 이끌며 감사 사례를 공유하고 격려하며 가정생활이나 삶에서의 고민을 서로 털어놓고 해결 방안을 토론하는 다울입니다.

둘째, '감사미소'입니다. 호영미 두루빛이 이끄는 '감사미소' 다울은 초등학교 동창생과 성격유형심화과정 회원들로 구성되어 있습니다.

셋째, '여우야'입니다. 독서치료와 감사나눔활동을 주로 하고 있으며 이기옥 두루빛이 이끌고 있습니다.

감사나눔 공동체는 지역에서 자발적으로 감사나눔운동을 하는 조직입니다. 그래서 지역 감사나눔 공동체는 건강한 가정, 건강한 지역 사회를 만들기 위한 풀뿌리 감사운동의 기폭제로 기대되고 있습니다. 두루빛감사공동체는 감사나눔 공동체 1호입니다.

이들은 행복나눔125 특강을 듣고 세 개의 공동체를 하나로 묶었습니다. 동아리 모임 리더에게는 '두루 빛낸다, 항상 빛난다'는 의미의 '두루빛'이라는 호칭을, 동아리 모임은 '모두 다 행복하게 사는 우리'라는 의미의 '다울'이라는 명칭을 부여했습니다. 전국 1호라는 부담감에 잠시 휘청거리기도 했으나 서로 나눔에 목말라 있는 지역 주민들과 같이 공부를 하면서 동아리 특강을 시작으로 서로가 하나가 되는 우리라는 것을 알게 되었습니다.

2012년 11월 이들은 오정구청 5층 음악실에서 감사동아리 10명, 같이하고자 하는 신입 10명과 같이 유영주 선생님과 3주간 특강의 첫 시간에 모두가 하나가 되어 행복한 나 자신이 되는 시간을 보냈습니다.

내 자신이 행복해야 가족이 행복하고 주위가 행복하다는 것을 2시간 동안 원 없이 웃어보는 시간으로 경험했습니다.

처음엔 어색한 웃음이 나중엔 서로 안아주고 바라만 봐도 웃을 수 있는 가족과 같은 공감대를 형성하게 되었습니다.

감사공동체의 조건은 우선 나부터 100감사쓰기임을 얘기해주었습니다. 그러고는 공동체 일원으로서 나 자신으로부터 시작해서 가족과 이웃과 사회에 감사의 마음을 나누게 될 씨앗들을 품고 돌아갔습니다.

이곳에서 이들이 나눈 소감을 직접 들어보겠습니다.

비우고 채워서 여유롭고 평화롭게 나누는 삶을 살겠다. – 이기옥

세상이 어수선해서 사람들이 편안한 곳을 찾고 싶어할 때 산처럼 휴식처럼 편안함을 주는 사람이 되고 싶다. – 윤영선

나와 '틀리다'가 아닌 '다름'을 인정하고 주렁주렁 달린 고구마를 캐듯 개개인의 달란트를 찾아내는 감사도우미로 살고 싶다. – 호영미

나는 웃으며 따뜻한 마음으로 아이를 감싸주는 엄마의 마음을 가지면서 또한 아이를 어른처럼 공평하게 존중하며 훌륭하게 살고자 합니다. – 김지현

오경숙 두루빛은 감사나눔신문을 알고 나서 어머니에 대한 100감사를 쓰기 시작했습니다. 그녀는 모녀관계로 인해 어려움을 겪고 있었습니다. 어렸을 때 아버지의 사업으로 인해 한 집안에 직원 2~30명이 함께 거주하였고, 그 뒷바라지를 어머니 혼자 감당하다보니 쌓인 스트레스를 마땅히 풀 길이 없어 고스란히 5남매에게 비난과 채찍을 일삼았습니다. 그때 맷집이 좋아 특히나 매타작의 표적이 되었던 오 두루빛은 그래서 엄마에 대한 따뜻한 기억보다 고통스러운 기억이 많았습니다.

"나를 낳고부터 아팠다는 엄마의 말에 자책을 하게 되었고, 사랑을 받지 못했다는 생각에 오히려 고등학교 시절 꿈이 '좋은 엄마'였습니다."

그런 어머니에게 100감사를 쓰자니 처음엔 쉽지 않았다고 합니다. 그래도 하나씩 짚어가며 적어내려 가는데, 4살 때 화상사건이 떠올랐습니다. 뜨거운 밥물을 전신에 뒤집어써 집안이 발칵 난리가 나고 피부에 들러붙은 옷을 가위로 찢어가며 병원에 데려갔더니 병원에서는 하루 안에 생사가 갈린다고 했습니다. 눈만 빼고 미라처럼 온몸을 붕대로 감은 생각이 아직도 난다는 오 두루빛은 100감사를 통해 '어쨌거나 그때 나를 살려준 건 나의 부모님이었구나!'라고 크게 깨달았다고 합니다. 몸에 흉터가 전혀 남아 있지 않았던 것입니다. 그때 그 기억이 깨달음으로 오자 모든 원망이 덮어지며 세 시간을 통곡했고 그 뒤로 술술 생각이 나며 100감사를 완성했다고 합니다.

"100감사가 아니었다면 평생 몰랐을 겁니다. 엄마에게 흉이 생기지 않게 해주셔서 감사하다고 했더니 엄마가 상처 없던 이유를 말씀해주시는데 아버지 덕이라고 하셨어요. 아버지가 오만 가지 약을 다 구하고 다니셨다는데 나는 전혀 몰랐습니다. 부모님의 사랑과 은공이 묻힐 뻔했어요. 그 뒤로 하루에 세 가지씩 전화로 감사한 이야기를 전합니다. 감사편지를 써놓고 전하지 않는 것은 선물을 포장해놓고 주지 않는 것과 같기에 감사를 전해서 행복하게 해드리고 싶었어요. 엄마는 '자식이 부모의 당연한 도리를 알아준다는 건 참 고마운 일이다'라고 말씀하시더군요. 제가 너무 잊고 살았습니다. 제가 긍정적이고 솔선수범한 것은 다 엄마의 덕이었어요. 엄마의 전화 목소리가 하루하루 달라지는 것을 보니 참 행복합니다."

사랑받았던 한 가지 기억이 상처받았던 백 가지 기억을 덮어주는 경험을 한 오 두루빛은 그제야 그때의 어머니의 입장이 온전히 보이고 가여운 마음을 느끼며 '나는 사랑받지 못했다'는 트라우마에서 나올 수 있었습니다.

 그 뒤로 오 두루빛은 시부모님께도 100감사를 써서 드리고, 남편과 자녀에게도 100감사를 쓰며 감사나눔을 실천했더니 가족의 얼굴이 달리 보이고 가족들의 변화가 주위로까지 퍼지는 것을 목격했습니다. 100감사를 써주면 평생 간직할 테니 써달라고 먼저 부탁하신 시어머니는 100감사를 받으시고는 노인정에 가서 '며느리한테 이런 거 받아본 사람 있어?' 하며 자랑하시고 흡족해 하셨고, 군복무 중인 큰 아이에게 보낸 100감사는 부대원이 모두 돌려 읽고 또 함께 근무하는 상사가 보더니 '네가 왜 잘 되는지 알 것 같다. 이런 어머니를 둔 것이 큰 복이다. 나도 부모님이 나에게 감사할 만한 일을 만들고 싶다'며 금연을 하고 독서와 운동을 시작하더니 복무 중의 목표가 바뀌게 되었다고 합니다.

 오 두루빛은 나아가 지역 모임을 통해 감사를 녹여내기 시작했습니다. 모임 시 가정에서의 에피소드를 나누며 서로 치유를 주고받습니다. 어렸을 때의 트라우마를 꺼내 치유하고 사람 사이에서 소통하며 사는 법을 자녀들에게 가르쳤습니다. 여자들로만 시작된 모임이 이제는 남편들과 자녀가 함께하는 가족 모임으로 번져서 다울 활동을 널리 생활화하고 있습니다. 오 두루빛은 해피톡 다울을 이끌다보니 하루

하루를 함부로 살 수가 없고 다울 분들에게 큰 도움을 받고 있어 항상 감사하다며 모임에서 감사노트를 활용하여 서로의 감사활동을 격려하고 있습니다.

"마약처럼 고통을 한 번에 싹 없애주는 것은 '감사'밖에 없습니다. 고통을 치유 받으려면 시간이 필요한데 극약처방이 바로 '감사'입니다. 그리고 '나'부터 치료가 되어야 '남'의 치유를 도울 수 있습니다. 첫째로 나에 대해 불만이 없어야 남을 인정해 줄 수 있습니다. 항상 나를 인정해주세요. 나에게 감사해야 남에게 감사할 수 있고, 나에게 감사하기까지 정말 오래 걸렸지만 지금은 스스로가 참 좋고 감사가 넘칩니다."

목마름에 스스로 먼저 치유를 시작한 오경술 두루빛의 노력은 이제 가정과 부모를 넘어 지역 사회의 각 가정에 빛이 되어 닿아 있었습니다. 그리고 그 빛나는 불길의 시작은 '감사'에 있었습니다.

감사나눔의 남다른 열정으로 친구들의 100감사 실천을 돕는 호영미 두루빛은 2012년 3월 처음 감사나눔신문과의 인연으로 어머니에 대한 100감사를 체험하고 이후 감사쓰기를 실천하며 감사나눔의 불씨가 되었습니다.

초등학교 동창생 11명과 카카오톡 채팅방에서 매일 감사나눔을 실천하고 있으며, 사흘에 걸쳐 10명이 100감사를 완성하여 1,000감사를 만들었습니다.

똥밖에 버릴 게 없어서 결혼한 남편이 22년이 지나 똥만 남기고 다 버리고 싶은 사람이었는데 100감사를 쓰며 남편에 대한 감사함을 되새겼다는 친구, 눈물로 어머니에 대한 100감사를 채웠다는 친구, 항상 불만이었던 어머니를 이해하게 되었다는 친구 등 함께 1,000감사를 만들어가는 동안 호영미 씨에게는 많은 변화가 있었습니다.

"예전에도 밝은 친구였던 호영미가 아픔을 딛고 건강한 자신감을 찾았다. 예전에는 아픔을 숨긴 웃음이었다면 지금은 아픔을 드러내며 더 당당해진 웃음을 가졌다."

친구들은 호영미 씨의 변화에 대해 상처를 드러내는 건강한 자신감과 함께 더 행복해진 것 같다고 입을 모아 말했습니다.

"내 자신이 튼튼해지고 싶어서 엄마에게 100감사를 썼다. 이젠 상처로 얼룩진 엄마에 대한 생각에서 벗어나고 싶었다. 이미 돌아가신 엄마에 대한 100감사는 내 죄책감과 미안함을 벗어보기 위함이었던 것 같다. 항상 '왜 엄마는 나를 이렇게 힘들게 하지……'라는 생각으로 엄마를 원망했던 나는 100감사를 쓰며 엄마를 만나고 그 과정에서 내 안의 상처를 발견했다. 때론 괜찮다고 위로하고, 스스로를 안아주며 뒤틀리고 분노했던 응어리들이 풀려가는 것을 느꼈다. 감사가 내 가슴의 상처들을 뽑고 약을 발라준 것처럼 내 느낌을 친구들과 공유하고 싶어서 시작한 일에 친구 하나 하나의 숨어 있는 상처들을 만났다. 안아주고 싶고, 쓰다듬어주고 싶고, 같이 울어주고 싶었다. 나는 점점 착해지고 튼튼해져 간다. 신나고 기쁘고 튼튼해져 간다. 내 피가 뜨거워지고 있다. 지난 잘못들을 이제 나 스스로 용서해 보내는 지금 이 순간 자유를 느낀다. 이제 누가 또 상처가 있나. 감사치료약을 들고 길을 나선다."

호영미 두루빛은 지금도 누구보다 앞장서서 감사나눔을 실천하고 있습니다.

해외유학이나 연수 등으로 자녀와 떨어져 지내는 가정이 늘고 있습니다. 부모는 부모대로, 자녀는 자녀대로 가슴앓이를 겪기 쉬운 유학 기간에, 보금자리를 떠나 타지에서 수학 중인 자녀에게 해마다 100감사편지를 보낸 어머니가 있습니다. 이기옥 두루빛입니다.

이기옥 두루빛의 감사편지 쓰기는 고스란히 아이들에게도 이어졌습니다. 그런데 더욱 놀라운 것은 그의 딸인 이루리 양은 돌아가신 아버지에게도 감사편지를 쓰는 것이었습니다. 이루리 양은 "30개 정도 썼을 때에는 더 이상 쓸 것이 없겠다 싶었는데 아빠와 함께했던 추억들을 떠올리며 100개를 쓰고 나니 더 쓰고 싶을 정도로 고마운 기억이 많았습니다. 100감사를 쓰면서 아빠 생각을 많이 하게 되어 좋았고, 부모님으로부터 그동안 얼마나 많은 혜택을 받고 살았는지 깨달을 수 있었습니다"라고 말했습니다. 이들의 100감사는 이 가정에 행복을 안겨주었습니다.

아프리카 속담에 "빨리 가려면 혼자 가고, 멀리 가려면 함께 가라"는 말이 있습니다. 혼자만의 감사나눔이나 가족만의 감사나눔을 지속적으로 실천하기엔 힘이 들 수 있습니다. 이처럼 이웃 혹은 친구들과 함께 모여 감사를 말하고 나누는 모임이 많이 생겼으면 합니다. 이게 천천히 가도 더불어 사는 우리의 모습이 아닐까 생각해봅니다.

감사 브랜드를 정착시킨
포항시

작지만 '고맙다'라는 말 속에는 마법이 들어 있다.

아나스 로에일

　포항은 새마을운동의 발상지로 산업화와 근대화를 선도
한 글로벌 역동 도시입니다. 이러한 포항이 행복나눔125로
더 새롭게 변신하고 있습니다.

　'영일만 르네상스, 행복도시 포항'을 기치로 변화를 모색
하던 박승호 시장은 포항을 대표하는 포스코에 새로운 바람
이 부는 것을 접하게 되었습니다. '감사합니다'를 생활화하
고 항상 웃는 얼굴로 신바람 나서 일하는 포스코 직원들을
보고 감동을 받았습니다.

　그래서 2012년 3월 초에 포스코ICT 사장을 초청하여 감사
나눔 강연을 듣고는 '행복도시 포항' 건설에 반드시 필요한

것이 '감사'라는 사실을 알게 되었습니다. 포항의 미래가 여기에 달려 있다는 것을 확인했던 것입니다.

이후 박승호 시장은 포항을 감사도시로 바꾸기 위해서는 공무원이 앞장서야 한다는 솔선수범의 자세로 여러 활동을 해나갔습니다. 행복 바이러스가 시민들에게 널리 퍼지도록 범시민 감사운동 출범식을 통해 추진본부를 발족했고, 8개 단체와 MOU를 체결했습니다. 반응은 뜨거웠고, 그 결과 전 포항시로 확대되어나갔습니다.

이러한 포항시의 활동 이야기를 듣고 150여 개의 기관, 단체 등에서 벤치마킹 문의가 쇄도했습니다. 이에 다양한 감동 사례가 있는 감사운동 사례집도 자체적으로 발간했습니다. 포항시의 감동 사례로는 주례 없이 하객에게 감사노트를 선물하고 부모님께 감사발표를 한 결혼식, 100감사를 발표한 칠순잔치, 50감사로 학교폭력 해결에 도움을 준 검찰 사례, 가혹행위가 근절되었고 병영문화를 개선한 해병대 사례 등이 있습니다. 또한 다문화 여성 정착에도 지원 및 도움을 주었습니다. 이러한 노력에 포항시는 전국 최초 인성도시로 지정되었습니다. 전 학교에 감사노트를 보급하고 청와대에 감사운동을 소개하여 대통령 기관표창도 수상하였습니다.

포항시는 2012년 초 감사운동 TF팀을 만들었습니다. 새마을운동의 발상지에서 새마음운동의 발상지로 도시를 브랜드화해서 감사와 긍정의 문화, 행복지수가 상승되는 포항시가 되겠다는 의지였습니다.

이처럼 포항시가 행복도시로 나아가는 데는 포스코 정준양 회장의 권고가 컸습니다.

"QSS활동과 감사나눔운동을 중심으로 하는 '새마음운동'을 포항시 전역에 전파하여 포항이 '새마음운동'의 발상지가 되도록 지원하였으면 합니다."

2012년 5월 포항제철소장, 포항시장, 포항상공회의소 회장, 포항교육청장이 공동대표로 참여하는 범시민운동추진본부가 결성되면서 감사나눔운동은 보다 체계적으로 전개될 수 있었습니다. 포스코의 성공 사례가 관공서, 협력사, 외주사, 시민단체 등으로 확산되는 계기가 되었습니다.

2012년 5월 박승호 포항시장은 '감사퍼포먼스 경연대회'에서 "포항의 과메기가 전국적으로 유명한 이유는 값이 싸고 맛이 좋기 때문입니다. 감사나눔도 사람들이 서로 쉽고 편안하게 소통하고 공감대를 형성할 수 있도록 도와줍니다. 감사나눔이 과메기처럼 포항을 상징하는 브랜드가 될 것이라고 확신합니다."

그렇다면 포항시가 감사나눔운동의 메카로 도약할 수 있었던 비결은 무엇일까요? 7가지 비결을 찾아봤습니다.

1. 명사 특강으로 시동을 걸어 마음 열기와 공감대 형성에 성공했습니다.

시청 공무원, 종교단체 지도자, 각급 기관장 및 핵심 실무자, 초중고 교장단과 간부 교사, 부녀회와 청년회 대표 등을 대상으로 명사 특강을 실시했습니다.

2. 지속적인 공무원 1박 2일 워크숍으로 감사멘토를 양성했습니다.

행복한 도시 포항 만들기의 주역이 되어야 할 공무원을 감사멘토^{행복불씨}로 양성하기 위해 1박 2일 워크숍을 지속적으로 열었습니다.

3. 단위별로 감사나눔 페스티벌을 열어 베스트 프랙티스를 공유했습니다.

아무리 의미 있는 일이라도 재미가 있어야 합니다. 2012년 5월 1일 1천여 명의 시청 직원과 시민들이 참여한 가운데 '감사퍼포먼스 경연대회'를 개최한 이유도 여기에 있습니다. 이날 직원들은 개그콘서트 '감사합니다' 패러디와 '감사나눔의 달인'

등 다양한 퍼포먼스를 선보였습니다.

4. '감사나눔 범시민운동 출범식'을 통해 도시 전체로 분위기를 확산시켰습니다.

2012년 5월 23일 포항시의 각급 기관 및 단체 대표와 학생, 시민, 해병대 장병 등 5,000여 명이 참석한 가운데 '감사나눔 범시민운동 출범식'을 열었습니다. 그해 6월 9일 5만여 명이 참여한 '개항 50주년 기념 시민의 날' 행사에서도 다양한 감사나눔 프로그램을 진행했습니다.

5. 각계 대표가 참여하는 '감사나눔운동 추진본부'와 '실무협의회'를 구성했습니다.

선장 없는 배는 산으로 가는 법입니다. 그래서 감사나눔운동을 조직적으로 전개할 사령탑을 구성했습니다. 포항시장, 포항제철소장, 포항상공회의소회장, 포항교육지원청장 등 4인이 '감사나눔운동 추진본부' 공동대표를 맡았고, 4개 기관의 실무 책임자로 '실무협의회'도 구성했습니다.

6. 영향력 있는 인사와 전문가를 포항시 감사나눔의 서포터즈로 영입했습니다.

감사나눔운동 관계자와 지역 내 국회의원, 시의회 의장, 도의원, 지역대학 총장, 언론사 대표를 감사나눔운동 추진본부 자문위원으로 위촉했습니다. 포항상수도사업소, 해병부대, 포스코 등 관내 기관의 감사나눔 사례발표도 진행했습니다.

7. 포항시의 모든 시설과 공간을 감사나눔 홍보도구로 활용했습니다.
'감사나눔, 행복도시' 현수막이 내걸린 시청에는 '감사방송'과 '감사노래'가 울려 퍼집니다. 버스와 택시에도 감사나눔 문구가 붙었습니다. 연수원 둘레길을 '감사둘레길'로, 시청 뒷산 계단을 '감사계단'으로 명명했습니다. 모든 공무원이 감사배지를 부착했으며, 학생들은 감사노트를 씁니다.

이번에는 박승호 포항시장이 생각하는 감사와 감사나눔 운동에 대한 전망을 직접 들어보겠습니다.

감사는 '행복'이다. 감사할 때 행복하다. 저 역시 아직 감사의 초보자인 것 같다. 그런데 감사의 효과가 매우 빠르게 나타나고 있다. 우리 자녀들에게 문자로 감사의 메시지를 보낸다. 자녀들의 답문이 바로 온다. 이런 문화가 가정 안에 자리 잡아가면서 가정의 분위기가 눈에 띄게 달라졌다.

감사나눔운동의 성공비결은 가장 먼저, 리더의 변화와 솔선수범인 것 같다. 리더가 솔선수범하지 않으면서 조직원들에게 권면할 수 없다고 생각한다. 또한 리더의 지속적인 관심이 필요하다. 담당자에게 맡기고 리더가 참여하지 않고 관심 갖지 않을 때, 감사나눔운동은 성공할 수 없다.

처음 감사를 쓸 때, 솔직히 어려움을 느꼈다. 어떻게 감사를 쓸 것인가를 고민하면서 나름의 방법을 찾게 되었다. 일단, 나는 잠자기 전에 쓰는 것을 추천한다. 처음에 새벽에 일어나서 감사를 쓰려고 했는데 막상 생각이 나지 않았다. 그런데 잠자기 전, 하루를 돌아보며 감사를 써보니 감사할 것들이 너무 많았다. 두 번째는 일정과 함께 틈틈이 감사일기를 쓰는 것이다. 나는 일정을 감사노트에 적는다. 그러다 보니 일정과 함께 감사의 내용들을 적게 된다.

포항시에는 7만 7,000여 명의 초중고생들이 있다. 이들이 포항시의 미래다. 이 시기에 가치관이 올바르게 형성된다면 행복한 사람과 삶이 보장된다고 생각한다. 그렇기에 이들에게 감사나눔문화를 적극적으로 전할 생각이다.

이처럼 포항시의 다각적인 감사나눔운동은 무엇보다 학

생들의 행복지수를 크게 높였습니다. 그 결과 포항 시민의 행복도도 자연스레 높아졌습니다.

2013년 4월 전문 조사기관인 지방행정발전연구원이 포항 시민 500명을 대상으로 행복도 설문조사를 실시했는데, 2012년 행복도 55.8점에서 6.4점 오른 62.2점으로 조사되었 습니다. 이처럼 지속적인 감사나눔운동이 포항시의 행복지 수를 계속 높여나갈 것으로 기대됩니다.

나는 당신을 만나 감사합니다

행복세상9

전투력이 향상된
우리 군대

작은 감사가 큰 감사를 낳는다.

알렉스 헤일리

국가의 안보를 담당하는 군軍에서 총기사고, 자살, 탈영 등 충격적 사건이 잇따라 터지면서 군 개혁과 군 특성에 맞는 인성교육의 필요성이 전 사회적으로 제기된 것을 계기로 국방부는 2011년 9월부터 감사나눔신문과 손잡고 감사나눔 운동 시범실시를 진행해 왔습니다. 감사나눔운동은 행복한 병영 만들기를 통하여 우리 군을 강군强軍으로 거듭나게 하고 군대가 사회에 건전한 시민을 배출토록 지원하는 것을 목표로 하고 있습니다.

국방대학교 국방정신전력리더십개발원 원장 최병순은 감사나눔신문의 실무적 지원을 받아 2011년 9월 20일부터 수방사

3. 행복나눔125가 만든 행복세상

256 | 257

19전차대대를 대상으로 감사나눔운동 시범실시를 시작했습니다. 시범부대의 뛰어난 성과에 크게 고무된 개발원은 2012년 1월 11일 국방부에 감사나눔운동 추진 계획을 보고하고 재가를 받았습니다. 이후 수기사 1여단, 26사단, 8사단, 25사단, 해군 1함대, 해병 2사단, 제8전투비행단 등 1차 시범교육을 실시할 기관 및 부대를 선정했습니다.

3개월에 걸친 시범교육 결과가 매우 좋았습니다. 전투력이 월등히 향상되었고, 행복한 병영 만들기에도 성공적이었습니다. 이에 따라 감사나눔을 전군으로 확산하기로 방침이 결정되었습니다. 이때 시범실시 부대에 선정되지는 않았지만 육군 61사단, 육군 53사단, 해병 1사단, 공군 17전투비행단, 국군간호사관학교 등 행복한 병영 만들기를 염원하고 있던 부대와 기관도 자발적으로 시범활동에 동참했습니다. 감사나눔운동 성과 분석을 위해 5월 3일 실시한 워크숍에는 육군사관학교, 해군사관학교, 공군사관학교, 육군3사관학교, 국군간호사관학교, 육군리더십센터, 해군리더십센터, 공군리더십센터, 해병대리더십센터 담당 실무자들도 참여해 높은 관심을 보였습니다.

3개월에 걸친 짧은 시범실시 기간에도 불구하고 행복한 병영 만들기와 강한 군대 만들기의 가능성을 확인했습니다.

나는 당신을 만나 감사합니다

'문제 병사'가 '모범 병사'로 변화하는 신선하고 구체적인 사례가 시범부대 곳곳에서 발생했습니다. 워크숍에서 발표된 모범 사례 중 세 가지만 소개하면 다음과 같습니다.

수기사 1여단 133대대

장갑차, 일반 차량 등 군 기계에 감사문구를 적은 스티커를 일일이 부착하고 부대원이 감사한 마음을 갖자 기계 고장이 현저히 낮아졌습니다. 매일 저녁 내무반 점호 시 하루 5감사 작성과 발표, 개그콘서트 '감사합니다' 패러디 경연대회 개최, 부대원 전원 가족에게 100감사편지 발송 등 다양한 프로그램을 실시하자 군대 내에 긍정적 분위기가 확산되고 불미한 사건이 사라졌습니다.

26사단 228포대

A급 관리 병사의 획기적 변화 사례가 발굴됐습니다. 입대 당시 실시한 인성검사에서 부적응/위험 판정을 받았고 두 번이나 자살을 기도했던 한 병사가 감사일기 작성과 발표 등의 프로그램에 참여한 이후 현재는 양호 판정을 받고 모범적인 병영 생활을 하고 있습니다.

해병 2사단

해병대 총기 사고 부대로서 교육 방법 개선의 필요성을 절실하게 느끼고 있던 차에 감사나눔운동을 전격적으로 도입하면서 역동적이고 활기찬 병영 분위기 조성의 성과를 거두었습니다. 문제 사병과 관심 사병의 생활 태도가 현저히 변화하는 모습을 확인했습니다. 특히 관심 사병을 감사나눔운동 업무 추진 담당병으로 임명하자 자신감과 지도력을 발휘해 지휘관을 비롯한 주변 사람들을 깜짝 놀라게 만들었습니다.

"감사는 나를 변화시키고 주변 사람들을 변화시킵니다. 감사하는 가슴의 밭에는 실망의 씨가 자랄 수 없습니다."

대한민국 해군 장교인 김중구해군 1함대 사령부 소령은 자신이 이런 고백까지 하게 될 줄은 몰랐습니다. 고속정 2척을 지휘하는 김 소령은 2012년 4월 병영생활 개선 시범사업의 일환으로 일상에서 감사할 내용을 찾아 나누는 감사나눔운동에 참여하라는 지시를 받았습니다. 처음에는 민간기업에나 어울릴 법한 감사나눔운동이 자칫 전투력 증강을 소홀케 하고 업무 부담만 가중시키지 않을까 걱정부터 앞섰습니다.

상명하복. 김 소령은 부대원들에게 각자 감사수첩을 마련토록 했습니다. 매일 오전 회의 때마다 세 명씩 감사한 일 세

가지를 발표하게 했고, 가장 많은 감사거리를 내놓은 부대
원에게는 '감사배지'를 선물했습니다. 가정의 달인 5월에는
부대원 부모님들에게 '100가지 감사한 일'을, 배우자들에게
는 '50가지 감사한 일'을 적어 편지로 발송하게 했습니다.
연말에는 자녀들에게 감사편지를 쓰도록 했습니다.

　운동을 시작한 지 10개월. 김 소령의 눈앞에는 믿기 힘들
정도로 풍성한 '감사의 열매'가 쌓여 있었습니다. 출동으로
한 달에 보름씩 떨어져 살아야 하는 부대원들의 가족관계가
돈독해졌습니다. 안부를 주고받는 횟수가 늘었고, 대화가
많아졌습니다. 부대원들의 부대생활에서도 각종 사고가 눈
에 띄게 감소하는 등 뚜렷한 변화가 일어났습니다. 더욱 놀
라웠던 건 감사나눔운동이 전투력 향상에 든든한 디딤돌이
됐다는 것입니다.

　김 소령이 속한 편대는 2012년 탑건 선발대회에서 최고의
성적으로 '최우수 고속정 편대'의 영예를 안았습니다. 이어
부대관리 우수 등으로 '전투준비태세 우수편대'에 선정되는
가 하면 '정신전력 우수부대'에도 뽑혔습니다. 감사나눔운
동 전에는 얻을 수 없었던 성과였습니다.

　육군 53사단은 2012년 7월 행복나눔125 선포식 이후 신병
교육 입소부터 감사교육을 진행하여 교육 수료 전에 부모에

대한 100감사쓰기를 실시하고, 장병들에게 휴가 전 부모에 대한 100감사쓰기를 권장하고 있습니다. 또한 간부회의 전에 5감사를 서로 나누고, 회식 자리에서도 건배사 전에 5감사를 발표하는 등 간부들이 감사나눔 실천에 솔선수범하고 있습니다.

53사단은 감사노트 1만 권을 배포하였으며, 장병들의 자발적인 감사노트 쓰기를 유도하기 위해 감사나눔 포스터 등 홍보물을 제작하고 '충렬 행복나눔125 매거진'을 발간하여 각 부대의 행복나눔125 활동을 공유하고 있습니다. 이러한 사단의 노력으로 현재 53사단에는 1일 5감사는 물론 1일 100감사를 쓰는 장병이 늘어나고 있습니다.

'한밤중 돌고래 출현…… 부산, 방어 경보 격상 해프닝.'

경북 지역 일간지의 뉴스 제목입니다. 2012년 9월 7일 새벽 2시 20분 부산 앞바다에 수상한 물체들이 해변으로 다가오는 것을 발견한 초병은 즉시 부대에 보고했습니다. 육군은 방어 준비태세인 진돗개 경보를 3등급에서 2등급으로 격상하고 3군이 출동하여 군경합동작전을 펼쳤습니다. 하지만 확인 결과 미확인 물체의 정체는 토종 돌고래 상괭이 4마리였음이 밝혀졌습니다.

이 기사를 접한 네티즌들의 반응은 대단했습니다. 격려와 칭찬이 줄을 이었습니다.

"믿음직하다."

"훌륭하다."

"초병들 포상하자."

"이렇게 철저하게 경계하고 있으니 발 뻗고 잘 수 있겠다."

새벽 2시 가장 취약한 시간임에도 투철한 군인정신으로 경계임무에 충실한 초병과 보고를 받고 즉각적인 대응으로 일사불란한 경계태세를 구축한 지휘관이 하나 되어 성공적인 작전을 수행함으로써 초병은 포상휴가를 받고, 53사단은 시민들의 박수를 받았습니다. 박한기 사단장은 이렇게 소감을 밝혔습니다.

"감사하면 감사할 일이 생깁니다. 장병들의 감사가 그들의 가정에 전해지면 가정이 변하고 사회가 변하고 그것이 곧 대한민국이 변하는 길이라고 생각합니다."

감사나눔 활동으로 긍정 마인드가 향상되고 스스로 행복해진 장병들은 이제 그들의 가정에 감사를 전하며 행복한 가정을 만들어가고 있습니다. 가정이 행복한 장병들이 행복한 부대를 가꾸고, 강한 군대를 만듭니다.

특별부록
누구든지 할 수 있는
감사나눔 실천 매뉴얼

실천 매뉴얼과
그 구성에 대하여

지금까지 우리는 행복나눔125의 탄생 배경과 감사의 힘 그리고 행복나눔125 실천 현장을 살펴보았습니다. 감사나눔이 가져다주는 효과가 정말 놀랍다는 것을 실감했을 것입니다. 하지만 더 중요한 것이 우리 눈앞에 놓여 있습니다. 그것은 바로 지금부터 여러분이 감사나눔을 실천해야 한다는 것입니다.

공자는 『논어』「이인里仁」편에서 "군자는 말은 어눌해도 실천은 민첩해야 한다君子欲 訥於言 而敏行"고 말했습니다. 이는 말만 번드르르한 것보다 실천이 더 중요한 덕목임을 강조하는 말입니다. 이 외에도 실천을 강조하는 말은 무수히 많습니다. 왜 그럴까요? 실천만이 변화를 가져오기 때문입니다. 실천만이 새로운 미래를 보장하기 때문입니다.

그렇다면 감사나눔 실천의 궁극적인 목적은 무엇일까요? 감사나눔 실천을 습관화하는 것입니다. 우리가 매일 밥을 먹듯이 매일 감사나눔을 실천하는 습관을 몸에 배게 하는 것입니다. 그래야만 감사의 힘을 통해 행복나눔125가 실현되는 품격 있는 삶, 품격 있는 나라가 되는 것입니다. 실천하지 않는 감사는 그야말로 유리창 속의 박제와 별반 다르지 않기 때문입니다.

감사나눔 실천이 습관화되려면 상당한 노력이 필요합니다. 여러 어려움도 극복하고 이겨내야 합니다. 그렇다고 지레 겁먹을 필요는 없습니다. 감사의 힘에 믿음을 갖고 인내와 끈기를 발휘해 꾸준히 노력하면 언젠가 감사나눔이 습관화되어 있을 것입니다. 여기서 소개하는 감사나눔 실천 매뉴얼이 그 도전에 가장 멋지고 튼실한 동반자가 되어 줄 것입니다.

감사나눔 실천 매뉴얼은 크게 '나의 행복 만들기', '가정의 행복 만들기', '일터의 행복 만들기'로 나뉘어 있습니다. '나의 행복 만들기'는 "내가 변해야 세상이 변한다"는 말처럼 나 자신이 어떻게 감사를 실천해야 하는지 그 방법에 대해 적어놓았습니다. 그 다음은 '가정의 행복 만들기'입니다. 나 자신이 중심이 되어 가정에서 가족 구성원과 함께 감사 나눔을 실천하는 방법을 소개해놓았습니다. 마지막으로 '일터의 행복 만들기'입니다. 내가 변하면 자연스레 가정이 변하고 가족의 구성원들이 변하면 그들이 몸담고 있는 조직이나 일터도 자연스레 변하지만, 그 조직이나 일터의 성격에 맞는 실천 방법은 분명 다를 것입니다. 조직과 일터가 새롭게 시너지 효과를 낼 수 있는 실천 방법을 구체적으로 적어놓았습니다.

감사나눔 실천을 극대화하기 위해 대상에 따라 약간 다른 원칙을 만들었습니다. 그에 따른 방법 및 요령 그리고 효과도 물론 다르게 표현되어 있습니다. 하지만 그 본질은 역시 같습니다. 감사의 힘을 통해 그 모든 것이 변화되는 것이고, 그 출발점은 나 자신이고 도착점 또한 나 자신이기 때문입니다. 즉, 나로부터 출발한 감사는 가정을 거치고 조직이나 일터를 거쳐 나로 다시 돌아오는 선순환 구조 속에서 그 힘이 증폭된다는 것입니다.

감사나눔 실천 매뉴얼에 대한 이해력을 돕기 위해 매뉴얼 전체 내용을 요점 정리해서 써놓았습니다. 도표에 익숙하지 않은 분들을 위한 배려입니다. 하지만 도표를 몇 번 들여다보면 곧 그 내용들이 눈에 들어올 것이고, 그 실천 방법들을 하나하나 실천해나가다보면 언젠가 감사의 힘에 놀라워 할 것입니다. 중도에 절대 포기하지 않고 정말 꾸준히 실천하면 감사나눔은 어느덧 일상의 습관이 되어 있을 것이고, 그것은 우리 모두에게 행복한 미래를 안겨 줄 것입니다.

감사합니다.

실천 매뉴얼1

나의 행복 만들기

대부분의 사람들은 감사를 우연히 만나게 됩니다. 일터에서 실시하는 교육의 현장, 감사 전도사가 전하는 강연의 현장, 누군가가 건네주는 이야기, 우연히 본 감사 관련 책 등등 감사를 접하는 길은 여러 갈래입니다. 과정이야 어떻든 감사를 접하고 난 여러분이 감사의 힘에 놀라움을 금치 못하고 감사를 실천하고 싶다면 정말 무엇부터 해야 할까요? '3333의 법칙'을 반드시 지키겠다는 다짐을 해야 합니다. 이 법칙을 따르지 않으면 감사의 실천은 요원할 수밖에 없습니다. 그러고는 감사일기를 쓰고, 감사미소를 말하고, 감사편지 등을 나누기를 바랍니다.

나는 당신을 만나 감사합니다

법칙

3일의 법칙 · 3주의 법칙 · 3개월의 법칙 · 3년의 법칙

3333의 법칙

감사나눔 실천을 3333의 법칙으로 생활화한다. 실천 다짐을 세워 작심삼일의 '3일'을 넘기고, 습관의 기초가 형성되고 스스로의 변화를 감지하는 '3주'를 지나, 나의 변화를 주위에서 알게 되어 기적을 만들어가는 100일인 '3개월'을 꾸준히 실천한다. 이렇게 1만 번의 법칙으로 체질이 변화되는 '3년'을 지속 실천하면 행복의 길을 여는 감사 체질화에 이른 나를 볼 수 있다.

- **쓰고** : 감사일기 쓰기 1일 5감, 1일 10~100감
- **말하고** : 감사미소 생활화 감사해요, 사랑해요, 미안해요, 소중해요
- **나누기** : 감사편지 보내기 100감사편지 및 엽서, 카드, 문자로 활용

방법 및 요령

방법	요령	실천
감사일기	• 하루에 일어난 일 중 일상의 작은 것에 감사한다. • 최소 1일 5개 이상의 감사거리를 찾아 쓴다. • 자기 전 등 시간을 정해놓고 쓰거나 수첩을 활용하여 수시로 적는다.	
감사미소	• 감사한 마음으로 미소를 띠며 감사미소 네 가지 표현(감사해요, 사랑해요, 미안해요, 소중해요)을 자주 말한다. • 감사미소 스티커를 눈에 자주 띄는 곳에 부착한다. • 입꼬리가 올라가고 눈이 웃는 행복한 미소를 짓는다.	
감사편지	• 우선, 가장 가깝고 소중한 사람에게 쓴다. • 점차 나를 힘들게 하는 대상으로 확대한다. • 몰입하여 쓸 때는 한 사람에게 100가지(상징적 숫자) 감사쓰기를 할 수 있다. 그 대상을 어머니께 쓰는 것으로 시작하면 가장 좋다. • 과거의 기억, 현재의 관찰, 미래의 희망을 떠올리며 쓴다.	
나만의 감사쓰기 습관화하기	• 감사쓰기를 하는 혼자만의 공간을 확보한다. • 감사쓰기를 하는 특정 시간을 정해놓고 그 시간에 꼭 감사쓰기를 한다. 잠자기 전도 좋고 아침도 좋다. • 감사 이야기를 항시 나눌 수 있는 감사파트너를 만든다.	

나는 당신을 만나 감사합니다

효과

1) 감사하면 마음이 너그러워지고 부드러워져 포용력이 커진다.

2) 감사하면 잠재 능력이 향상되고 꿈을 품게 된다.

3) 감사가 바탕이 되어 긍정심리 자존감. 치유. 회복 탄력성. 희망 등가 형성된다.

4) 지혜와 역량이 배가되고 창의력이 발휘된다.

5) 말하는 대로 꿈꾸는 대로 이루어지는 기적을 체험하게 된다. 아브라카다브라

6) 심신이 안정되고 마음의 평안을 갖게 되어 건강한 몸과 정신을 가꿀 수 있다.

7) 독서로 지식이 늘어나고 독서토론으로 소통과 화합의 리더십을 갖게 된다.

8) 배려와 나눔의 리더십으로 언어가 긍정적으로 바뀌고 태도가 겸손해진다.

9) 관점이 바뀌어 긍정 마인드로 칭찬을 생활화함으로 주변을 신바람나게 만든다.

10) 감사로 행복해지고, 일이 저절로 이루어진다.

실천 매뉴얼2
가정의 행복 만들기

사람은 독립적인 존재가 아닙니다. 더불어 살아야 합니다. 나 홀로 가정이 늘어나고는 있지만, 여전히 그 더불어 사는 기초 단위는 부모와 자식이 있는 가정입니다. 이 가정에 감사가 넘치게 하는 실천 방법을 소개해봅니다. '가정의 행복 만들기'에는 '나작지의 법칙'이 있습니다. 나부터 감사를 시작해야 하고, 작은 것에 감사를 시작해야 하고, 바로 지금부터 함께 감사를 시작해야 합니다. 이 법칙에 따라 밥실험 등의 감사실험 하기, 감사카드와 감사편지 쓰기, 감사독서와 감사신문을 통해 감사에 대해 공부하기, 식탁감사와 기념감사 등을 실천하면 됩니다

나는 당신을 만나 감사합니다

법칙

나작지의 법칙

행복한 가정은 행복한 나라의 근본이다. 감사나눔으로 행복한 가정을 만들 수 있다. 그 시작은 역시 나이다. 내가 감사하면 아이의 성격과 태도가 달라지고, 소원했던 부부가 닭살 부부가 된다. 그런 기적은 '나부터, 작은 것에, 지금부터'의 자세를 기억할 때만 이루어진다.

- 나 : 나부터 시작
- 작 : 작은 것에 감사
- 지 : 지금부터 함께

방법 및 요령

방법	요령	실천
감사실험	• **밥실험** 밥과 유리병을 준비, 동일한 조건에서 유리병에 밥을 나눠 담고, 각각 긍정의 말 감사합니다, 사랑해와 부정의 말 증오합니다, 짜증나을 적고 수시로 말하고 관찰한다. • **고구마실험** 동일한 조건에서 물이 담긴 두 컵에 고구마를 하나씩 놓고 컵에 '감사합니다'와 '짜증나'를 써붙이고 수시로 해당 말을 해주며 관찰한다. • **양파실험** 위 고구마실험과 동일. 양파 뿌리와 싹의 성장 속도를 비교·관찰한다.	
감사카드	• 가족 구성원 서로에게 평소 감사한 내용을 감사미소카드에 적어 감사항아리 상자, 바구니 등에 담아 모은 후 정기적으로 읽고 소감을 나눈다.	
감사편지*	• 가족 구성원 한 사람에게 10개, 50개, 100개 등 다수의 감사거리를 몰입해서 찾아 쓰고 가족이 다 모인 자리에서 낭독한 후 전달한다. • 사진 및 앨범을 보면 감사거리 찾는데 도움이 된다.	
감사독서	• **감사독서토론** 감사 관련 도서를 선정, 2주에 1권 읽고 정기 토론 모임을 연다. 사전 독서 시 갈무리 수첩을 마련해 인상 깊은 부분을 메모하고, 토론 시 공유하며 내용을 기록, 실천 사항 1가지를 생활에서 적용한다. 다과와 함께 하면 수월하다. • **우리집 감사도서관** 토론을 마친 감사도서를 따로 마련한 책장이나 책꽂이에 차례로 꽂고 수시로 꺼내 본다. 토론 기록장을 함께 보관한다.	

* 감사편지: 과거를 추억하고 현재를 관찰하며 미래를 희망하여 6살 아들에게 쓴 감사 앞에 서 있는 부부

나는 당신을 만나 감사합니다

방법	요령	실천
식탁감사	• 가족이 함께 모인 식탁에서 돌아가며 한 가지씩 감사거리를 이야기한다. • 함께 마주한 사람에게, 식사를 마련한 손길에, 재료를 길러준 이에게, 내 몸에 좋은 영양분이 될 것에 감사하며 남김없이 식사한다.	
감사카톡방	• 스마트폰을 소지했다면 카카오톡 애플리케이션을 활용, 가족방을 만들어 감사메시지를 실시간으로 공유하고 답장을 달아준다.	
감사신문	• 감사나눔신문을 교재로 활용한다. • 각 처의 사례 및 소식을 공유하고, 함께 쓰기 교재로 활용해 감사지수를 높인다. • 감사나눔신문사에서 제공하는 메일링서비스, 뉴스레터 등을 통해 감사의 지속성을 붙인다. • 신문 온라인 홈페이지를 활용한다.	
기념축하 감사	• **기념일** 감사표현으로 축하한다. • **가족 및 친지의 생일** 당사자에게 감사카드를 몰아 써준다. • **결혼식** 신랑↔신부, 신랑신부↔부모에게 그간 감사한 것을 써드린다. • **결혼기념일** 배우자 및 자녀가 서로 축하하며 감사편지를 전달한다. • **환갑, 칠순** 자녀와 손주가 감사장*을 만들어 선물과 함께 축하드린다.	

* 감사장: 감사장 하단에 아들, 며느리, 손자손녀가 사인을 했다.

효과

1) 가족 구성원 간의 이해와 배려하는 마음이 증진된다.

2) 소통이 원활해지고 웃음이 꽃피는 행복한 보금자리가
된다.

3) 부정적 언어가 사라지고 긍정적 언어로 가득 차게 된다.

4) 부모를 더욱 공경하고 효자효부가 된다.

5) 부부간 금슬이 좋아져 닭살부부가 된다.

6) 자녀의 잠재능력이 발휘되고 창의력이 향상된다.

7) 자녀의 교우관계가 개선되고 학교생활이 원만해진다.

8) 독서하는 가정, 사랑이 넘치는 행복한 가정으로 주위의
모범이 된다.

9) 이웃사랑 나눔으로 행복한 동네를 만든다.

10) 행복한 가정은 행복한 사회의 기초가 된다.

나는 당신을 만나 감사합니다

일터의 행복 만들기

사람이 살 수 있는 조건은 의외로 간단합니다. 음식을 먹어야 하고, 옷을 입어야 하고, 잠을 자야 합니다. 얼마 전까지만 해도 우리는 이 기본 조건에서 그다지 자유롭지 못했습니다. 삶에 필요한 것들이 많이 부족했습니다. 하지만 지금은 여유롭습니다. 그 이유 또한 간단합니다. 우리에게 필요한 많은 물품들이 생산되고 있고, 그것이 잘 유통되고 있고, 그러한 지식을 배우는 교육이 잘 실행되고 있고, 그러한 시스템을 잘 관리하는 조직이 있기 때문입니다. 그곳이 바로 우리의 일터이자 조직입니다. 그곳이 행복하지 못하면 우리는 지금처럼 풍요로운 삶을 살기 힘듭니다. 하지만 그곳이 행복하면 물질적으로 정신적으로 더 나은 삶을 살 수가 있습니다. 그래서 일터나 조직에서의 감사나눔 실천은 가정과 달리 더 많은 노력이 필요합니다. '나작지 법칙'보다 더 복잡한 '성공의 6대 법칙'을 실천해야 합니다. 그렇다고 너무 어렵게 생각할 필요는 없습니다. 이 모든 것이 다 감사의 힘을 믿고 감사나눔을 실천하는 것이기 때문입니다. 리더와 조직원 간의 관계를 정리한 '성공의 6대 법칙'을 따르면서 감사실험, 감사앱, 감사보드, 감사트리, 감사우체통, 감사공모전, 감사카드, 가족캠프, 감사독서토론, 감사산행, 감사를 업무에 연관시키기 등을 꾸준히 실천하면 여러분이 몸 담은 일터나 조직은 완전히 새로운 모습으로 변화되어가고 있다는 것을 온몸으로 느낄 수 있을 것입니다.

나는 당신을 만나 감사합니다

법칙

감사나눔의 원리는 나부터 변하여 가정이 행복해지고, 일터가 행복해지고, 사회가 행복해지는 것이다.

(1) 감사나눔은 위로부터의 솔선수범이 성공을 위한 필수조건

- Top부터 교육을 받고 실천해야 함.
- 상사가 변하는 모습을 보고 신뢰하고 배우며 따라가도록 하는 것이 가장 효과적임.
- 특히 교육의 경우 Top이 참석하지 않는 교육은 효과를 내기 어려움.

(2) 감사는 스스로 자율적으로 실천하도록 동기부여에 주력해야 함

- 평가, 처벌 등을 수반하면 감사가 보여주기 위한 형식적인 일이 되고 감사가 괴로운 일이 되면 실패함.
- 감사의 기적을 체험하면 행복해지기 때문에 다른 인센티브가 필요 없음.

(3) 교육 강사는 감사를 실천하며 감사의 기적을 체험한 사람이어야 함

- 긍정심리학 등 이론적인 지식만으로 교육을 하면 감사의 열정, 에너지, 파동이 전달되지 않아 효력이 현저히 떨어

짐. 강사는 자신의 실제 체험을 통한 감사의 기적을 전달할 수 있어야 함.

(4) 도입 강의는 실습을 포함하여 4시간이면 충분함

- 100명을 교육하면 20명 정도가 감사쓰기를 실천하며 그 중 4명 정도가 감사의 기적을 체험하고 감사의 불씨가 됨.

- 감사불씨를 간담회, 코칭을 통하여 감사전도사, 강사로 육성하여 활용함.

(5) 감사의 불씨를 발견하고 보호, 칭찬, 격려하여 불씨로 키우는 것 이 중요함

- 불씨 발견은 간부들의 관심과 인식 능력에 달려 있음.

- 불씨를 공개적으로 칭찬하여 보호하고, 불씨들의 간담회를 통해 경험을 공유하고, 전문가의 코칭을 받는 것이 가장 중요. 흩어진 불씨를 모아 더욱 강한 불씨가 되도록 환경 조성

- 전체 조직원의 20퍼센트를 불씨로 양성

(6) 불씨들의 훌륭한 사례를 알리고 공유하고 격려하는 정례 모임이 필요함

- 적절한 주기로 페스티벌과 같은 잔치 마당으로 축제 분위기를 만들어 신바람 나는 문화를 만들어가는 것이 필요함.

- 선포하기 : 리더의 선언 리더와 핵심 임원 인터뷰
- 씨뿌리기 : 전 직원 교육과 체험 도입 강의-소개와 필요성, 체험 강의-감사쓰기, 불씨 캠프-불씨 양성
- 묘목키우기 : 불씨 활동 불씨 간담회-불씨 격려, 불씨 토론회-사례 공유, 신문 컨설팅 인터뷰 기사화를 통한 사례 발굴, 지속적 격려, 피드백 평가, 뉴스레터, 메일링 서비스
- 숲만들기 : 성공 사례 확산 Best Practice 사례 공유, 발표대회/축제 등 행사, 신문 인터뷰 및 보도, 리더의 격려

방법 및 요령

방법	요령	실천
감사실험	• 밥실험, 양파실험 등을 부서/팀별로 진행하고, 말의 힘과 감사의 효과를 관찰 및 토론한다.	
감사앱	• 스마트폰의 애플리케이션자체 개발/기존 앱을 활용하여 5감사를 공유한다.	
감사보드	• 사무 환경 공동 장소의 게시판에 팀구성원 표시하고 해당자에게 보내는 감사쪽지/카드를 부착·게시한다.	
감사트리	• 실제 묘목 화분을 활용하거나 벽에 나무 모양을 꾸며서 가지마다 감사거리를 적은 카드/포스트 잇 등을 열매처럼 자유로이 열리게 환경을 조성한다.	
감사 우체통	• 평소 전하지 못한 감사를 엽서/카드에 적어 작은 우체통에 넣으면 담당자가 일정 주기마다 우편을 전달한다.	
감사 공모전	• 분기/반기마다 전 직원 대상으로 감사스토리 공모전을 열어 감동 사례를 발굴하고 불씨를 격려, 포상할 기회를 갖는다. • 시상, 감사활동 보고, 향후 계획 등을 첨가한다. • 가족 대상 공모도 효과가 크다.	
감사카드	• 개인에게 배포한 감사미소카드를 상시 활용, 언제든지 서로에게 감사카드를 전달하여 감사나눔, 즉 실천을 독려한다.	

나는 당신을 만나 감사합니다

방법	요령	실천
가족캠프	• 1일 또는 1박 2일 감사워크숍을 임직원 가족을 초청하여 가족과 함께 감사나눔을 체험하고, 가정에서 감사나눔이 뿌리 내리도록 돕는다. • 불씨 혹은 임원 가족이 먼저 솔선해서 시행하면 더욱 효과가 크다.	
감사 독서 토론	• 소그룹으로 토론 모임을 결성, 한 달에 좋은 책 2권을 읽고 토론한다. • 1권은 감사도서로, 1권은 전문도서/교양도서 등으로 자유 선정하고, 발제 및 형식의 제한을 두지 않는다. • 토론기록 및 실천사항을 활용하고 토론 시에는 감사의 마음을 바탕으로 하여 건강한 토론을 유도한다.	
감사산행	• 단합회, 산행 등 감사행사 시에 감사나눔을 접목, 정상에 올라 감사편지 등을 낭독한다. • 자연에 감사한 마음으로 등하산 시 쓰레기를 수거해온다.	
감사를 업무에 연관시키기	• 일터에서 사용하는 주요 설비 등에 감사스티커 및 감사문구를 부착하고 관심을 갖고 돌본다. • 고객에 대한 감사를 감사편지 등을 통해 표시한다.	

효과

1) 직원이 행복해지면 가정이 행복해지고 일터가 행복해진다.

2) 회사의 비전과 개인의 꿈이 하나가 되어 함께 실현된다.

3) 긍지와 자부심, 신뢰와 존중으로 개개인의 역량이 개발되고 조직능력이 극대화된다.

4) 긍정마인드로 마음이 열려 조직의 벽이 무너지고 융합과 시너지가 창출된다.

5) 업무몰입도가 증가하여 일이 즐거워지고 품질과 생산성이 저절로 향상된다.

6) 독서토론으로 토론문화가 체질화되어 조직의 창의력이 높아져서 새로운 가치 창출의 원천이 된다.

7) 위기 속에서 도전의 기회를 찾고 실패로부터 역전의 희망을 만든다.

8) 감사하면 무생물인 밥도 썩지 않듯 사람과 조직도 썩지 않아 윤리경영이 저절로 이루어진다.

9) 고객, 협력사들과 소통과 신뢰를 바탕으로 상생협력이 되어 일이 저절로 이루어지며, 나눔과 배려로 사랑받고 존경받는 기업이 된다.

나는 당신을 만나 감사합니다

10) 행복나눔125는 신바람나고 행복한 조직문화의 기본이
   며, 진정한 리더를 육성하는 출발이다.

나는 당신을 만나 감사합니다